KB148513

한 줄도 좋다, 그 동요

한 줄도 좋다, 그 동요

노경실

일러두기

요즘 아이들은—어른들도—노래를 노래로만 부르는 경우가 드물다. 온갖 동작으로 몸을 흔들면서 노래해야지만 노래한다고 생각하는 것 같다. 나는 강연으로 전국의 학교도 자주 방문하는데 북콘서트가 열리면 늘 학생들의 발표 시간이 있다.

그때마다 시 낭송이나 악기 연주 순서는 빠질 수 있어도 노래하는 시간은 절대, 결코 생략되어서는 안 된다. 만약 그 시간을 제외하고 다른 프로그램을 넣는다면 학생들에게서 상상 못 할 비난을 받을 것이다.

그런데 초등학생이건 중고등학생이건 때로는 대학생이건 참으로 이상한 일이 일어난다. 분명 노래하는 순서인데, 노래는 우리가 흔히 말하는 MR(노래반주기)가 저 혼자 스피커가 찢어질 듯이 애써 부르고, 학생들은 춤을 춘다. 아이돌 그룹처럼 현란한 춤을 추고 나면 학생들은 숨이 차서 헉헉하면서도 행복이 그득한 표정들이다. 요즘 아이들은 이렇게 하는 것이 노래를 부른다고 생각하는 모양이다. 그래서인지 춤이 필요 없거나 때로는 율동(일정한 규칙을 따라 주기적으로 움직임—국어사전)과 함께 노래하는 동요는 초등학교 졸업과 함께 새하얗게 잊어버리기 일쑤이다.

그런데 이 아이들이 잊어버린 것이 그저 동요일 뿐일까?

아니다. 마치 태어나는 순간부터 나와 가족과 친척, 이웃과 친구들과 선생님… 그리고 강아지와 고양이, 때로는 전혀 모르는 사람들의 흔적까지 슬쩍 담겨 있는 인생의 그림책, 사진첩을 잃어버린 것과 같은 것이다.

유년의 기억이 사라진 인생,

그림의 한쪽 귀퉁이가 찢어진 것 같은 인생,

책의 첫 페이지가 사라져버린 삶의 흔적.

이것이 어릴 적 노래를 잃어버리거나 잊어버린 사람의 비극이다.

나는 다시 한번 확연히 알게 되었다. 우리들의 동요 중 많은 곡들이 가장 배고프고 가장 치욕적인 일제강점기나 한국전쟁 뒤에 만들어졌다는 것을.

그리고 놀랍게도 사람들은 고픈 배를 물로 채우면서도 동요를 불렀다. 아이들은 일 나간 엄마 아빠를 기다리느라 울면서도 동요를 불렀다. 무자비한 일본 순사들의 칼날 사이로 아이들의 동요가 바람처럼 흘러 들어갔다. 전쟁 뒤의 피폐한 거리와 골목에서도 아이들은 구멍 난 신발을 신고 달리면서 노래를 불렀다. 춤을 추지 않아도 얼마든지 노래를 부를 수 있었다. 눈에 보이는 세상 모든 것이 아이들의 노래가 되었다.

누렁 강아지도, 돛대 없는 종이배도, 배가 고파서 떡처럼 보이는 하얀 눈이랑 얼음과자 같은 고드름도, 아껴 먹는 옥수수도, 달이랑 별이랑 바람이랑 눈부신 태양도! 돈 벌러 간 오빠도, 소리만 들어도 무서운 비행기도, 그리고 자식들 외에는 다른 곳에 눈길 한번 돌리지 않는 엄마와 아버지도!

4차산업, 인공지능, 온갖 멀티시스템, 유비쿼터스, 이노베이션⋯. 눈만 뜨면 인간은 스스로를 얼마나 자랑질하는지! 바벨탑을 어찌나 잘도 쌓는지! 그러나 눈에 잘 보이지 않는 미세먼지나 눈에 안 보이는 바이러스—머리도 코도 입도 없으며, 지식이라고는 한 톨도 없고, 말도 못 하고 운전도 못 하고, 스마트폰도 없는 바이러스!—에 두 눈 뜬 인간은 늘 전전긍긍하는 시절이다. 그래서인지 더, 더, 더⋯ 노래하고 싶다.

마음껏 봄바람 속을 동생들과 함께 뛰놀며 부르던 그 노래.

학교 끝나면 친구들과 앞서거니 뒤서거니 하며 부르던 그 노래.

　　엄마랑 옥수수를 한 알 한 알 먹으며 부르던 그 노래.

　　아버지의 하모니카에 맞추어 손뼉 치며 부르던 그 노래.

　　바둑이랑 아이들이랑 동네의 온 골목을 누비며 부르던 그 노래.

　　다시 노래가 부르고 싶어지니 사람이 보고 싶어진다.

　　더구나 인생의 첫 페이지인 동요를 함께 불렀던 모든 사람들이 그리워진다….

　　노래는 사람이다.

　　동요는 보고픈 사람이다.

일산 흰돌마을에서

노경실

＊

엄마 품이 그리워 눈물 나오면
마루 끝에 나와 앉아 별만 셉니다

〈가을밤〉

엄마가 없으면 아무것도 없는 거야

몇 년 전, 어머니라는 주제로 수필 청탁을 받았을 때, 나는 '아이에게 엄마가 없다는 것은 아무것도 없다는 것이다'라고 글을 맺었다. 더구나 아이가 어릴수록 엄마의 존재는 목숨 그 자체이다. (아예 엄마의 존재가 사라진 아이의 얼굴을 상상해 보라.) 아이는 엄마에게 어떤 조건을 요구하지 않고, 아예 그런 것을 생각조차 못 한다. 엄마가 학벌이 어떠한지, 미모가 돋보이는지, 재산이 어느 정도인지, 심지어는 엄마의 성품이 어떻든지, 아이에게 '엄마는 엄마'면 된다. 그래서

일까. 나는 아이와 엄마를 생각할 때마다 떠오르는 사진이 있다. 1960년대의 서울 모습을 담은 흑백 사진집 속의 한 장.

그 사진집 안에는 한국전쟁 후, 복구사업이 시작되면서 극심한 가난과 맞부딪친 사람들의 노동과 구걸, 잘린 다리와 구부러진 허리, 깊게 팬 주름과 우는 아이, 눈물 마른 어머니와 전등빛조차 없는 방 한 칸이 흑백사진보다 더 어둡고 선명하게 담겨져 있었다. 그저 보는 것만으로도 가슴이 아려오고 두 눈이 젖어 들었다. 한 장, 한 장, 고단한 사람의 페이지를 넘기던 중 한 장면 앞에서 나는 아주 짧지만 커다란 한숨을 내쉬고 말았다. 사진의 제목은 기억이 나지 않지만 그 모습은 생생하다.

어느 집에 불이 나서 방 한 칸이 다 타버렸다. 워낙 살림살이가 없는 집이지만 이불과 옷가지 등이 그 흔적만 남긴 채 방안을 지키고 있었다. 그 방에서 살고 있던 남자는 눈을 다쳤는지 붕대로 두 눈을 가린 채 문지방에 앉아 있는데, 한 마디 설명이 없어도 그의 슬

품이 절절히 전해져 왔다.

그런데 내가 놀란 것은 그 남자 곁에 한 존재가 있는 것이었다. 그 존재는 두 눈을 붕대로 감은 남자의 발치에 바짝 붙어 앉아 있었다. 그뿐만 아니라 남자를 하염없이 올려다보고 있었다. 그 존재는 흑백사진인데도 단박에 알아볼 수 있는 '똥개'였다. 누런 털빛 같았다. 누런 개는 주인을 걱정하는지, 아니면 아무것도 모르고 자기와 놀아달라고 하는지, 그 와중에도 밥 달라고 조르는지, 두 눈빛이 너무나 천진스러웠다. 마치 어린아이가 엄마를 바라보듯이.

나는 생각했다. 누렁이는 설령 주인이 두 눈을 완전히 다쳤다 해도 그것 때문에 주인을 무시하거나 떠나지 않을 것이다. 주인이 살 곳이 없어 거리를 헤맨다 해서 불평하거나 다른 집을 찾아가지 않을 것이다. 주인이 당장 먹을 것이 없어서 굶는다 하여 주인을 모른 척하거나 여기저기 다니며 비방하지 않을 것이다.

이 사진 한 장이 그 이후로 늘 내 가슴 한편에 복사되어 저장된 것 같다. 그래서인지 '가을밤'이란 동요를 부를 때면 나는 두 장면이 함께 떠오른다. 두 눈을 다친 가난한 주인과 누런 개, 그리고 엄마만 바라보는 어린아이.

이 동요 속 아이에게 어떤 일이 있었는지 한밤중인데도 엄마 품을 찾지 못한다. 보이지는 않지만 밤이라 더 크게 들리는 벌레 소리가 자기 마음 같아 어쩔 줄 몰라 한다. 저 벌레도 엄마가 없는가 봐⋯. 아이는 엄마가 있었을 때는 벌레가 노래한다고 생각했겠지. 그러나 엄마가 없으니까 울음소리로 느낀다.

바닷가 마을에 사는 아이도 그렇다. 밤새 간간이 들려오는 갈매기도 나처럼 운다고 생각한다. 그래서 아이는 벌레와 같이 운다. 엄마⋯. 갈매기와 같이 운다. 엄마⋯. 아이는 아마 자기가 엄마가 될 때까지 이렇게 울며 가을밤을, 겨울밤을⋯ 지낼지도 모른다. 엄마만 있다면 세상의 모든 소리가 다정한 자장가가 되어 콜콜 잠잘 수 있을 텐데.

이 동요는 일제강점기 때에 만들어졌다. 생각해보니 동요 속 아이에게 엄마가 없는 형편이 여러 가지로 그려진다. 대부분은 가난과 질병으로 엄마는 하늘나라로 갔을 것이다. 지금처럼 복지 혜택을 받을 수도 없는 시절. 친척도 가난해서 아이를 돌보아주지 못했을지도….

어린아이가 얼마나 무섭고, 외로울까! 혼자서 그 어두움과 쓸쓸함을 어떻게 견딜까? 더구나 바람이 점점 차가워지면 그나마 풀벌레 소리도 들리지 않을 텐데 그러면 아이는 누구의 소리를 들으며 그 시간을 보낼까?

어른들만 시대의 아픔을 겪는 게 아니다. 아이도 어른들과 똑같이 세상의 소용돌이에서 이리 치이고 저리 부딪히며 상처투성이 엄마가 되고 아버지가 되어가는 것이다.

박태준은 1900년 대구에서 태어나 평양 숭실전문학교를 다녔는데, 이 학교가 기독교 학교라 서양 선교사들과 교류하기 시작했다. 그러면서 음악에 소질이 있던 박태준은 선교사들을 통해 성악과 작곡의 기초를 배워 '가을밤', '골목길' 등을 작곡하였는데, 이 곡들은 그의 동요의 초창기 작품으로 평가된다.

1924년에서 1931년까지 모교인 대구 계성중학교에 재직하면서 '오빠생각', '오뚝이', '하얀밤', '맴맴' 등의 우리나라의 대표적인 동요작품들을 작곡하였다. 그런데 이 동요들 중에 윤복진의 작사에 곡을 붙인 50여 곡의 작품들은 윤복진이 월북하는 바람에 1945년부터는 가사가 바뀌거나 아예 금지곡이 되는 아픔을 겪어야 했다.

✳

학교 갔다 돌아오면 멍멍멍
꼬리 치고 반갑다고 멍멍멍

〈강아지〉

모든 강아지의 안부를 묻노니

'홍일이', '봉칠이', '녹번이', '합정이', '행당이'.

얼핏 들으면 무슨 조직폭력단 명칭이거나 소속된 사람들의 별명 같다. 그러나 이 이름들은 내가 어릴 적 길렀던 강아지들의 이름이다. 나는 오 남매 중 맏이이기에 집에 오는 강아지들의 이름을 부여해주는 특권이 있었다. 동생들은 그 당시 유행하던 '메리, 쪼리, 캐리, 해피, 럭키'라는 이름들을 원했지만 나는 생각이 달랐다.

그 강아지들이 태어난 동네 이름을 붙여주는 게 좋다

고 여긴 것이다. 강아지들의 출생지를 이름처럼 붙여줘
야 강아지들의 스토리가 생긴다고 믿었기 때문이었다.

그래서 홍은동 큰이모 집에서 데리고 온 짙은 갈색
털의 강아지는 '홍일이', 친구가 사는 봉천7동에서 온
하얀 털 강아지는 '봉칠이', 막내 이모 집에서 온 누렁
이는 '합정이', 그리고 아버지 친구가 사는 행당동에
서 온 한쪽 눈에 까만 점이 박힌 바둑이는 '행당이'…
이런 식으로 이름을 붙였다.

그래서인지 지금도 강아지들의 이름과 모습을 생생
하게 기억한다. 이것만이 아니다. 강아지를 준 친척과
친구, 지인들의 얼굴과 그들이 살던 집과 동네의 풍
경, 강아지를 처음 만났을 때의 순간과 겁먹은 강아지
들의 끙끙대는 소리, 그리고 그 강아지들과의 마지막
장면까지 단번에 펼쳐진다. 물론 그 동화 같은 이야기
가 언제나 해피엔딩은 아니었다. 어디선가 쥐약을 먹
고 고통스럽게 죽은 강아지도 있었으니….

그 강아지들은 살던 동네와 첫 주인의 영향 탓인지,
아니면 원래 품종의 기질 때문인지 저마다 성격이나

버릇도 달랐다. 밥을 먹고 나면 늘 더 달라는 신호처럼 양은 밥그릇을 이리저리 굴리며 요란하게 소리를 내는 강아지, 아무리 혼을 내고 큰소리로 야단을 쳐도 눈이 마주치는 순간 품으로 달려와 안기며 끼잉끼잉 아기 짓을 하는 강아지, 사람만 보면 빨랫줄만큼이나 펄쩍펄쩍 뛰며 춤을 추는 강아지. (나는 일부러 개 대신 강아지라고 말하고 있다. 그래야 나의 기억이 더 다정하게 살아나기 때문이다.)

하지만 이 강아지들의 공통점 중 하나는 우리 오 남매를 지켜준 것 같다는 느낌이다. 학원도 안 다니던 시절, 별다른 놀이터나 놀잇감도 없던 시절, 강아지는 우리들이 부모 다음으로 애정을 나눌 수 있던 존재였다.

엄마에게 야단을 맞으면 마당에 나와서 강아지 집 앞에 쪼그리고 앉아있었다. 그러면 아무것도 모르는 강아지가 지저분한 앞발로 내 머리카락을, 등을, 앞가슴을 두드리듯 달려들면 괜히 서러움의 눈물이 주르르 흘렀다. '나, 너무 억울해! 내가 잘못한 게 아니란 말이야. 엄마는 만날 나만 야단쳐!' 이렇게 속으로만 말했는데도 강아지는 '괜찮아. 내가 다 알아' 하는 듯 쪼그리고 앉아 얼굴을 무릎 사이에 묻은 나의 머리를 자꾸 흔들었다. 그러면 나는 강아지 성화에 못 이기는 척, 눈물을 닦고 강아지를 데리고 밖으로 나갔다. 일종의 포상 산책?

"가자!" 강아지를 데리고 동네를 뛰는 것이다. 그러면 어느새 동생들의 목소리가 등 뒤에서 들렸다. "큰언니! 같이 가!", "홍일아! 같이 가!"

오 남매는 강아지 한 마리를 데리고 온 동네를 들썩하게 뛰어다니며 크게 노래를 불렀다. 그때는 아이들이 놀면서 노래를 많이 불렀다. '우리집 강아지는 복슬강아지 학교 갔다 돌아오면 멍멍멍….'

분명 어릴 적 강아지는 우리들의 수호천사였다. 그러나 이제 강아지들은 왕자나 공주들 같다. 강아지들을 모시고 사는 듯하다. 학교 갔다 돌아오면 멍멍멍하고 반기는 강아지들보다, '우쭈쭈쭈' 하며 먼저 달려가 강아지의 안부를 묻는 세상이 된 것 같다.

〈강아지〉

김태오 작사. 정동순 작곡

작사자인 김태오 작가는 1927년에 한정동·정지용·윤극영 등과 함께 '조선동요연구협회'를 결성하여 적극적인 동요 운동을 펴나갔다. 해방이 되자, 심리학자와 교육자로서 활동했다.

정동순은 학교 선생님으로 있을 때에 이 곡을 작곡했다. 그때는 휴전된 지 얼마 되지 않은 1955년 즈음이라 아이들의 마음을 위로해 주려고 만든 곡이다. 정동순은 1998년에서야 저작권료를 받았는데, 마침 그 때에 나라 곳곳에 큰 홍수가 났다. 정동순은 아낌없이 수재의연금으로 기부했다고 한다. 강아지처럼 다정한 이야기이다.

사족: 이때 나는 망원동에 살았기에 큰 홍수를 생생하게 기억한다.

＊

고드름 고드름 수정 고드름
고드름 따다가 발을 엮어서

〈고드름〉

겨울방학, 우리는 얼지 않았다

요즈음 아이들은 고드름을 무서운 흉기로 생각한다. 한겨울에 길을 가다가 잘못하면 위에서부터 빠른 속도로 떨어져 내려 심하게 다치거나 목숨까지 잃을 수도 있다는 뉴스를 종종 듣기 때문이다. 그러고 보면 자연의 여러 존재가 어느새 사람의 적처럼 되고 말았다. 어릴 적에는 비가 내리면 동네 아이들과 함께 하늘을 향해 얼굴을 들고 입을 헤벌리고 달게 받아마셨다. 그러나 지금은 단 한 방울이라도 맞으면 질병에 걸릴지도 모른다는 두려움에 우산을 펴든다.

눈도 그렇다. 눈이 오면 당연히 밖으로 나가 강아지들과 같이 뛰어놀았다. 발갛게 언 손으로 눈을 집어 솜사탕 먹듯이 입에 넣었다. 그러나 눈도 이제는 적의 공격처럼 피한다. 그저 두 눈으로 보고 즐기며, 핸드폰으로 사진 찍어서 분위기 내는 데 이용(?)할 뿐이다. 어른들은 도로 사정이 복잡해진다는 염려로 눈을 보며 얼굴을 잔뜩 찌푸린다. 아마 눈도 비도 사람들의 이런 반응에 황당해하고 섭섭해할 것 같다.

더구나 몇 년 간격으로 바이러스 사태가 벌어지는 지금 같은 시대에는 바람도 미움받고, 나무나 꽃도 큰 관심을 끌지 못한다. 거리에는 장애를 입은 비둘기가 너무 많다. 자동차에 이리 치이고 저리 치여서 그렇다. 손등이나 어깨에 새를 얹고 노래를 부르며 연인과 이야기를 나누는 모습은 전설처럼 아스라하다. 동물원 쇼에서나 볼 수 있을 것이다.

고드름은 어떻고! 겨울방학 때, 딱히 놀 거리가 없어도 아이들은 무조건 집 밖으로 나갔다. 친하든 덜 친하든 동네에서 만나는 아이들은 우르르 몰려다니며 상품도 없는 달리기 시합도 하고, 말 한 마리 없는데도 말까기를 하며, 두 손 꽁꽁 어는데도 용감하게 딱지를 쳤다. 그러다가 배가 고프거나 목이 마르면 집집의 지붕 끝이나 창문에 매달려 있는 고드름을 잘라서(아이들은 마치 과일을 따 먹는 것처럼 '따 먹는다'고 말했다) 먹었다. 오도독오도독. 그 소리가 지금도 귀에 쟁쟁하다.

아이들이 치아 상태는 좋았는지 모두들 생고구마나 날밤을 먹듯이 오도독오도독 고드름을 먹었다. 지금 생각해도 이가 하나도 시리지 않았고, 입안이 얼얼하게 춥지도 않았다.

그리고 여자애들은 고드름이라는 동요를 불렀다. 투명한 고드름을 따다가 투명한 발을 엮어서 각시방 문에, 영창에 달아놓으면, 달님도 해님도 찾아올 거라는 한 편의 판타지. 고드름은 그 투명성 때문에 판타지가 가능한 것 같다.

우리는 저마다 고드름을 손에 잡고 고드름 너머의 친구 얼굴을 바라보는 놀이를 했다. 길고 가느다란 투명 고드름. 그것을 통과하여 보이는 친구의 얼굴은 그림책 속의 괴물 같기도 하고, 전설의 요정 같기도 했다.

남자아이들은 나무 막대기 대신 고드름으로 칼싸움을 했다. 엿치기처럼 먼저 고드름이 깨지거나 몸에 고드름이 맞는 사람이 지는 놀이였다. 여자아이들은 빙둘러서 박수를 치며 응원했다. 또 행주산성의 여인네들처럼 부지런히 고드름을 따다가 자기 오빠나 남동생에게 날라다 주었다. 고드름 전쟁을 하는 아이들이나 물자를 날라다 주는 아이들이나 얼굴도, 두 손도 발갛게 얼어가는데도 유행가 가사처럼 추운 줄 모르고 오후를 꼴딱 넘겼다.

그러는 사이에 엄마들의 목소리가 들렸다. '경실아, 저녁 먹자!', '철수야, 어서 들어와! 밥 먹어야지!' 만약 자기 이름을 불러주는 엄마가 없다면 그 고드름은 아이의 마음을 그대로 얼어붙게 했을 거다.

〈고드름〉

유지영 작사, 윤극영 작곡

이 동요는 1924년에 발표되었다. 이때에는 우리 아이들이 부를 수 있는 우리 동요가 거의 없었다. 대부분 번안한 외국의 민요나 창가(갑오개혁 이후에 발생한 근대 음악 형식의 하나. 서양 악곡의 형식을 빌려 지은 간단한 노래)를 불렀다.

이런 시절에 어린이에게 알맞은 동요를 만들어서 널리 알리자고 주장한 윤극영이 노래 단체인 '따리아회'(또는 다알리아회라고도 함)를 조직하였다. 그런데 '따리아'가 천축모란이라고 알려진 '달리아(국화과의 여러해살이풀)'인지, 그리스 신화에 나오는 미의 여신 중 하나인 '탈리아Thalia'인지 알 수 없다. 누가 알려주면 참 좋겠다.

✳

송알송알 싸리 잎에 은구슬
조롱조롱 거미줄에 옥구슬

〈구슬비〉

비가 내리면 비를 찬양하라

비가 오는 날.

그 비가 히스클리프가 돌아오던 날 밤 휘몰아치던 폭풍우이든, 밤비 따라 왔다가 밤비 따라 돌아가는 임을 위한 눈물방울 같은 비이든, 그리고 어린아이들이 뛰놀아도 감기 걸리지 않을 정도로 소리 내지 않고 다정하게 내리는 비이든.

어느 날 느닷없이 비가 오는 날의 풍광이 참 이상하다고 생각했다. 물론 그날, 비가 오고 있었다. 오전에 집을 나서서 서울에서 일을 보고 늦은 오후에 일산으로 돌아오는 동안 나는 그전에 느끼지 못한 비에 대한 생각을 하게 되었다.

4월 중순이라 그런지 시원하기보다 얄미운 비 같았다. 여름옷도 겨울옷도 그렇다고 딱히 봄옷, 즉 간절기 옷을 입기도 애매한 4월 말의 비 오는 날. 그래서 사람들은 대부분 잔뜩 움츠린 채 우산을 들고 종종걸음을 했다.

우산으로 비를 가린 채 걷는 사람들은 온 힘을 다해 하늘의 세례를 거부하는 듯했다. 내가 비라면 참으로 섭섭할 것 같았다. 비를 온 몸으로 맞이해주는 것은 사람 빼놓고 세상의 모든 것이었다.

거리 먼지로 너무 더럽게 보여서 기대기조차 싫은 버스 정류장의 나무들은 훌쩍훌쩍 소리가 들릴 정도로 빗물을 들이켰다.

길바닥, 골목 안 담장, 지붕이 있는 모든 건물들도 결코 이 기회를 놓치지 않으리라 하듯 쑥쑥 빗물을 빨아들였다. 심지어는 달리는 온갖 자동차들도 오랜만에 찾아온 손님을 맞이하는 양 넉넉하게 때로는 황급히 빗물과 격렬하게 포옹하며 달렸다.

적어도 내 눈에 보이는 모든 사물들은 빗물을 마시고, 반기고, 환영했다. 그러나 사람은 그 누구도 비를 환대하지 않아 보였다. 단 한 방울의 빗방울도 절대로 내 영역에 들어올 수 없어, 라는 단호한 표정으로 총을 치켜든 군인처럼 우산을 들고 있었다.

하늘을 우러러 비를 영접하지 않았다. 사람들은 온 만물에게 생기를 주는 빗물이라 말을 하지만 정작 복수자들이 몰려온 듯 비를 피했다. 사람이 비를 내리게 하기 위해 한 일은 하나도 없다. 비를 오게 하기 위해 돈을 쓰거나, 학자들이 회의를 하거나, 춤을 추거나 노래하거나, 정치가들이 싸우지 않았다. 심지어 기도조차 하지 않았다. 그런데도 비는 내렸다. 하지만 사람들은 비가 적게 왔다, 많이 왔다, 누런 비다, 검은 비다, 차가 막힌다, 구질구질하다, 캠핑을 망쳤다, 손님이 안 온다, 새 옷이 폼이 안 난다, 세차한 게 허탕이 됐다, 감기 걸렸다, 하며 불평불만을 터뜨릴 뿐이다. 고작해야 비가 와서 공기가 깨끗해졌다?

그런데 이 동요를 가만히 듣고 따라 부르다 보면 깜짝 놀라게 된다. 이 노래를 듣는 비는 얼마나 행복할까! 비를 비로 인정해주고, 환영해주고, 칭송까지 해주니 말이다.

누구도 쳐다봐주지 않는 잎사귀에 달린 빗방울을 투명한 은구슬이라고 한다. 우리가 보는 순간 윽! 하며 놀라 피하는 거미줄에 달린 구슬을 옥구슬이라고 한다. 우리가 아예 쳐다보지도 않고, 좋아하지도 않는 것들에게 찾아가는 비.

그 비는 분명히 사람들이 장난으로 찢어서 흉하게 된 잎사귀 끝에 또롱또롱 달려서 하늘의 노래를 불러주었을 것이다. 도시인들에게 불운과 더러움과 공포의 상징으로 여겨지는 거미줄에도 또르르르 떨어지는 빗물, 거미는 그 빗방울을 침입자로 여기지 않았을 것이다. 거미는 빗방울이 들려주는 하늘 이야기를 들으며 외로움을 잊어버렸을 거다.

비가 오면 비를 노래해보자.

눈물 나는 일이 찾아오면 부끄러워 말고 눈물 흘리자.

비가 오면 비를 환영하자.

주는 것 없이 싫다는 사람이 와도 우산을 팽개치지 말자.

〈구슬비〉

권오순 작사, 안병원 작곡

생각할수록 고마운 분들이 많다. 특히 동요를 들을 때마다 어린이들을 위해 빛도 이름도 없이 일하신 분들에게 고개가 숙여진다. 일제 치하에서 '봉선화동요회'를 만들어서 동요 창작 보급에 힘쓴 안병원 작곡자는 '구슬비' 등 300편이 넘는 동요를 작곡해서 아이들을 보듬어주었다.

권오순 아동문학가도 어두운 그 시절에 나라의 희망을 어린이들에게 두고 열정을 바쳤다. 권 선생은 고향인 황해도 해주에서 보낸 어린 시절의 풍경을 그대로 '구슬비'의 노랫말로 옮겨서 아이들의 눈물을 닦아주었다.

✳

기찻길 옆 오막살이
아기아기 잘도 잔다

〈기찻길 옆〉

괜찮아, 그냥 지나가는 소리야

 기찻길 옆 오막살이집. 책받침 크기의 유리창 하나 있는 단칸방에 사는 엄마 아빠랑 아가. 그리고 방문을 열고 나오면 곧바로 철로가 댓돌처럼 보인다. 기찻길 옆에는 한 철 열매 맺고 나면 제 할 일 다 했다는 듯 누렇고 시커멓게 주저앉아버리는 옥수수 행렬.

 오막살이집 아기나 먼지 무게조차 견디기 힘들어 푸욱 늘어진 휑한 옥수수 줄기는 얼핏 보면 많이 닮은 듯하다. 아기의 부모나 옥수수를 키우는 주인이 아닌 이상 웬만해서는 사람들의 애정과 관심 또는 호의를 받지 못하는 나약한 존재들이기 때문이다. 세상 가치로 보면 그다지 큰 보호를 받지 못하고 풍성한 돌봄을 누리지 못하는 존재처럼 생각될 수 있다.

요즈음 아가들은 분유 모델이 아니더라도 하나같이 얼굴이 뽀얗고, 남의 장난감을 뺏으려고 요리조리 눈치를 살피지 않아도 된다. 과자는 몰래 숨겨둬야 할 정도이며, 입는 것조차 유기농, 친환경 인증마크를 입히려 한다. 그림책 속의 공주나 왕자들도 이 정도로 풍족하지는 않았을 것이다.

그런데 이런 아이들이 웃고 우는 것에 어른들은 열광한다. 아이들의 성장 과정을 실시간으로 지켜본다. 마치 〈트루먼 쇼〉처럼. 〈트루먼 쇼〉 정도에 나오려면 적어도 보기에 좋은 외모에, 그림 같은 환경과 인지도 높은 부모가 배경이 되어야 할 것이다.

그러나 오막살이집에 사는 아가에게는 그 누구도 찾아오지 않는다. 해와 달과 별과 바람, 비와 눈보라 외에는 아무도 지켜보는 것 같지 않다. 아, 저기, 옥수수들 사이에서 뛰놀다가 잘못 길 찾아왔는지 살금살금 기어가는 풀벌레 하나만이 아가를 살펴보고 있다.

부모는 일터로 새벽같이 집을 나섰기에 아가는 혼자 누워 있다. 어제와 그제, 늘 그랬던 것처럼. 그래서 아가는 혼자 깨고 울다가 다시 잠들고, 다시 깨어나고, 다시 울다가 잠들고. 그래도 엄마의 일터는 집에서 가까워서 점심때에 올 수 있다.

그 기다리는 시간 동안 아가는 방바닥은 물론 집 안 벽이 웅웅 흔들릴 정도로 요란한 기차 바퀴 소리에 경기를 일으키듯 얼마나 많이 놀랐는지 모른다. 짐작조차 되지 않는 굉음의 주인공을 상상하다가 공포와 두려움에 얼굴이 새파래지도록 울었다. 하지만 몇 번 눈물이 귓속으로 조르르 흘러 들어갈 정도로 울고 나서는 알았다.

'아, 저 소리괴물이 우리 집으로 들어오지 않고 그냥 지나가는구나.'

게다가 엄마가 아가를 업고 밖으로 나가 달려오는 기차를 보여주어서 더 확실히 알게 된 것이다. 처음에는 크고 긴 괴물이 자기를 단숨에 삼켜버리는 것 같아 엄마 등에 코가 납작해지도록 숨었지만, 이젠 아니다.

'아, 그냥 지나가는구나.'

어느새 아가는 그 소리와 그 흔들림에 익숙해졌다. 심지어는 기차 소리가 몇 번 들렸으니 언제쯤 엄마 아빠가 올 거야, 라고 세어보고는 편하게 잠을 잔다.

'지나가는 거야.'

아가가 어린이가 되고 어른이 되는 시간 속에서, 기차 소리보다 더 크고 정신없는 세상과 부딪히고, 오막살이집보다 더 답답하고 어두컴컴한 일을 만나도 지치지 않을 것이다.

옥수수들도 땅속에서부터 듣고 자라온 기차 소리에 많이 놀라고 자주 무서움에 떨었다. 그러나 아가처럼 기차가 지나갈 때마다 아무리 땅이 흔들려도 두려워하지 않는다.

'그냥 지나가는 거야! 우리들의 뿌리는 끄떡없어.'

옥수수들은 용감하게 서 있는 법을 알았기 때문이다. 기차가 옥수수를 꺾을 정도로 센바람을 몰고 와도 예전처럼 악악 울지 않는다.

'우리들의 열매는 하나도 흙바닥에 떨어지지 않아. 저건 그냥 지나가는 거야!' 그리고 다시 햇살과 이야기를 나눈다.

이렇게 작고, 여리고, 귀중해 보이지 않는 존재들도 자란다. 세상의 온갖 소리, 울림, 뒤흔들림이 하루도 쉬지 않고 들려오고 달려오지만 자란다.

—이것이 더 멋진 신상입니다. 이 물건이 더 혁신적입니다. 이 정도는 사용해야 당신이 인정받을 수 있습니다. 아직도 그런 차를 탑니까? 그런 것을 사용합니까? 이 정도는 마시고, 이 정도는 입거나 쓰거나, 이 정도는 먹고 즐겨야 인간답게 사는 겁니다!

세상은 우리의 두 눈을 감지 못하게 한다.

—사회, 경제, 정치 다 엉망입니다. 정치는 완전히 썩었습니다. 교육, 문화, 종교도 부패할 대로 부패했습니다. 살인, 폭력, 방화, 사기, 강도, 각종 범죄, 너무 살기 위험한 세상입니다!

세상은 우리의 심장을 쪼그라들게 한다.

─지진, 폭풍, 쓰나미, 바이러스, 황사, 미세먼지, 화산폭발, 기후 이상, 식량과 물과 연료 부족, 백신조차 만들 수 없는 바이러스, 돈 버는 일 아닌 이상, 오늘은 외출하지 마세요!

세상은 우리의 가슴을 비틀어버린다.

기차 소리보다 더 요란하고, 때로는 화려하고 자극적인 소리에 우리는 잠들지 못한다. 잠들면 뒤처지니까. 잠을 자면 쫓겨날 수 있으니까. 잠을 자다가는 겨우 손가락 끝에 닿은 기회마저 놓칠 것 같으니까. 그래서 지금 우리들의 두 눈동자는 핏발이 서 있고, 머릿속은 몽롱하다.

옥수수만도 못한 용기로 하루하루를 겨우 버티는 가련한 부스러기 같다.

아가도 콜콜 자는 그 잠을 누리지 못해 어둠 속에서 눈이 시리도록 스마트폰을 경배하고 있다.

아가야, 나도 너처럼 단잠을 자고 싶어.

'아, 그냥 지나가는 소리구나!' 하며 이불을 덮고 싶어.

옥수수야, 우리도 너희들처럼 꼿꼿하게 서 있고 싶어.

'그냥 지나가는 거야!' 하며 새벽을 깨우고 싶어.

〈기찻길 옆〉

윤석중 작사, 윤극영 작곡

이 동요가 작곡된 때가 일제 치하라 사람들은 힘없는 아가와 나무에 비해 연약하기 그지없는 옥수수를 우리 민족으로 비유했다. 그렇다면 강력한 힘으로 천지를 진동하며 달리는 기차는 일본이란 말일까?

그렇다면 우리는 즉, 아기가 어른이 될 때까지 긴 세월을 억압 속에서 지내야 하고, 옥수수는 든든한 나무가 될 수 없기에 열강 속에서 계속 휘둘려야 한다는 것인가? 그러기에 아가나 옥수수를 우리 민족으로 생각하는 것은 너무 자조적이다.

아가와 옥수수는 어린 존재이고 도움이 필요하지만, 힘 있게 달리는 기차와 함께 내일을 생각할 수 있게 된다. 서로를 격려해줄 때에 기차 소리는 아가의 인생 훼방꾼이 아닌 응원의 박수가 된다.

✳

낮에 놀다 두고 온 나뭇잎 배는
엄마 곁에 누워도 생각이 나요

〈나뭇잎 배〉

인생의 바다로 가는 작은 배

사는 형편에 따라 다르겠지만 요즘은 배고픔의 계곡을 넘어선 시절이라 그런지 '궁핍'이나 '조금 모자람'을 통과할 때 느끼는 감동을 거의 모르는 듯하다.

내가 상계동에 살 때이다. 내 생일인 12월 끝자락. 나는 친구가 선물로 준 케이크를 들고 교회 공부방으로 갔다. '파티하자!' 내가 케이크 상자를 보이자 아이들은 환호성을 터뜨렸다. 마침 열네 명의 아이들이 있었다. 6학년 여자아이에게 플라스틱 칼을 주며, "네가 열네 조각으로 자르면 좋겠다"고 부탁했다. 그러자 아이는 칼을 흔들며 소리쳤다. "안 돼요! 선생님 것까지 열다섯 조각으로 만들래요." 아이는 정복 전쟁에서 승리한 황제가 참전했던 각 성주들에게 불만 없게 땅을 분배해주듯 칼질을 했다.

아이의 표정은 이 세상의 그 어떤 의로운 황제하고도 견줄 수 없을 만큼 공정한 분배를 하려는 양 두 손을 떨기까지 했다. 제과점에서 제일 큰 케이크라고 했지만, 15등분을 하니 조각 케이크보다 얇게 잘렸다. 아이들은 아껴 먹느라, 손바닥에 묻은 크림까지 핥아먹느라 웃을 새도 떠들 새도 없었다.

그리고 올해도, 나는 크리스마스 다음 날, 생일 축하 케이크를 받아들고 집에 돌아왔다. 하지만 혼자 사는 나에게 케이크는 너무 크다. 경비 아저씨에게 드릴까? 홀로 사는 어르신에게 갖다 드릴까? 아파트 단지 안에 있는 공부방에? 대단한 기부를 하는 양 고민 고민하던 끝에 지적장애 아들과 단둘이 사는 아래층 할머니 집으로 들고 갔다. 할머니의 아들은 내가 케이크를 건네자 초부터 찾았다. "초, 초 어딨어요?" 마흔이 다 되어가는 아들은 내 나이만큼이나 많은 가느다란 초들을 보며 기뻐했다.

이 케이크 사건(?)은 내게 여러 생각거리를 던져주었다. 아이들이나 어른이나 작고, 적은 것에서 느끼는 감동과 즐거움을 이해하지 못하니까. 아니, 그런 것들을 함께 나누는 기쁨의 소중함을 경험하는 일이 거의 없으니까. 텔레비전에서는 어느 연예인이 아들에게 아파트도 사주고, 자동차도 사주고 하는 이야기가 예전 부모들이 자식들에게 운동화 한 켤레 사준 것처럼 너무도 자연스레 흘러나오니 말이다.

어릴 적에는 아무 생각 없이 '나뭇잎 배'라는 동요를 불렀다. 그리고 노랫말처럼 나도 동생들과 초록 잎사귀로 어설프게 배를 만들어서 물을 가득 담은 세숫대야에 띄우고 놀았다. 서울에 살기에 집 앞에 냇물이 흐르는 풍광은 경험할 수 없었지만 세숫대야만으로도 강물을 흠뻑 누릴 수 있었다.

그런데 이제 가끔 이 동요를 부르면 말 그대로 '어른다운' 생각을 하게 된다. 즉, 때 묻은 발상이 튀어 오르는 거다. '왜 이 아이는 포근한 엄마 곁에 누워서도 그 보잘것없는 나뭇잎 배를 그리워하는 걸까? 아마 이 아이가 사는 동네는 시골 마을인가 보다. 그러니까 연못에서 놀다가 바로 엄마 품으로 달려올 수 있었겠지. 별다른 장난감이나 읽을 만한 동화책이 부족하던 시절에 자연의 모든 것은 아이에게 놀잇감이 되었을 거야.' 이런 생각을 하는 사이에 저절로 노래 속 시간으로 들어갔다.

─줄지어 가는 개미들은 그림책 속 독일 병정들만큼이나 꿋꿋하다. 흔하디흔한 강아지풀들은 정말 강아지처럼 손등에서 꼬리를 흔든다. 길가 호박잎의 까칠한 뒷면은 친구를 놀려주기에 충분하지. 이름도 비슷비슷한 누렁이와 똘똘이, 메리와 해피는 든든한 친구야. 때로는 무섭게 보이지만 그래도 꽃이라는 붉은 민머리의 맨드라미. 키 작고 작아서 더 사랑스러운 채

송화, 그리고 언니, 오빠, 누나, 형아, 동생들.

그런데 어쩐 일인지 오늘은 친구들이 보이지 않네. 아이는 풀을 찧어서 반찬을 만들고, 빨간 벽돌을 가루 내어 고추장도 만든다. 하지만 혼자 하는 소꿉놀이는 재미가 없다.

그런데 흙바닥에 떨어진 제 손바닥만 한 초록 나뭇잎을 보는 순간 아버지가 만들어 준 배가 생각났다. 아버지는 쓱쓱 금방 나뭇잎 한 장으로 배를 만들고, 성냥개비 하나를 한쪽에 돛처럼 꽂았지. 그리고 말했어. '이 배를 타고 가면 미국도 가고, 달나라도 갈 수 있어.' 그때, 아이는 '거짓말!' 하고 웃었지. 그러나 혼자 있는 지금 엉뚱한 생각이 들었어. '어쩌면 아버지 말처럼 미국도, 달나라도 갈 수 있을지 몰라.'

아이는 나뭇잎 서너 장을 종이처럼 구겨버리고 나서야 겨우 어설픈 배 하나를 만들었지. 그리고 물고기도 살지 않는 흙탕물투성이 연못 위에 살금살금 띄웠어. '배야, 배야. 미국에 갈래? 달나라에 갈래?'

눈이 시리도록 배를 지켜보지만 연못 안에서 살랑

살랑 이리 갔다, 저리 갔다 하네. '빨리빨리 가!' 입으로 바람을 불어주었지. 얼마나 그랬을까. 쪼그려 앉은 다리도 아프고, 엄마 생각도 나서 아이는 일어섰어.

집에 오니 저녁 준비하기 전인데 엄마가 잠깐 잠이 들어 있었어. 엄마 곁에는 다듬다 만 콩나물이 신문지 위에 한가득 있고. 아이는 엄마 품을 파고들었지. '우리 딸, 어디 갔다 왔어?' 엄마가 하품을 하며 묻지만, 아이는 씨익 웃기만 했어. 그러나 걱정이 자꾸 올라오는 거야. '내 배가 정말 미국에 갈까? 정말 달나라로 갈까? 그러나 아이의 진짜 마음은 '나뭇잎 배야! 내가 내일 다시 갈 때까지 딴 데 가지 말고 연못에 있어야 해. 왜 나하면 나도 가고 싶거든. 나뭇잎 배야. 기다려줘….'

아이는 어느새 도로로 돌돌 코를 곤다.
언젠가는 엄마아빠 품을 떠나고,
동네 작은 연못가를 떠나서,
인생바다를 항해해야 하는
그 고단한 뱃길을 아직 모르니까.

〈나뭇잎 배〉

박홍근 작사, 윤용하 작곡

한국전쟁 때에 수많은 어린이들이 목숨을 잃었다. 그리고 더 많은 아이들이 부모를 잃고 고아가 되었다. 하지만 겨우 목숨도 구하고, 부모를 잃지도 않았다 하여 그 아이들의 마음이 밝고 행복했을까?

아이들이 별 말하지 않고, 아픔이나 슬픔을 표현하는 것이 서툴다고 하여 상처도 가벼운 것은 아니다. 박홍근 작사가와 윤용하 작곡가는 전쟁의 공포에 찢어지고, 이별이나 죽음의 경험에 의해 부서져버린 어린 영혼들을 위해 이 노래를 만들었다.

1954년부터 KBS를 통해 이 노래를 널리 알리기 시작해서 전국의 많은 아이들이 사랑하게 되었다. 누구나 듣고 부를수록 고요한 평안을 느끼게 되는 동요이다.

✳

하늘나라 선녀님들이
송이송이 하얀 솜을

〈눈〉

눈이 백설기 떡이 되게 하리라

인간의 갈등이 심하게 일어나는 곳은 국경만이 아니다. 흔히 보이는 식당 앞에서도 일어난다. 어지간해서는 하나 되기 힘들다. 밀가루 음식은 싫다, 요새 육류를 피하고 있다, 저 식당은 불친절하다, 이 식당은 반찬들이 짜다…. 그러나 이 정도의 투덜댐은 납득이 된다. 같은 종류의 음식 앞에서도 말이 많아진다. 누군가 국수를 먹고 싶다고 하면, 곧바로 칼국수냐 냉면이냐 우동이냐 쌀국수냐 자장면이냐 짬뽕이냐 스파게티냐 하며 적어도 5개국의 국수들 속에서 헤매게 된다.

그러나 누군가 "오늘 내가 쏜다!" 하면 모든 상황은 정리된다. 어디를 가든 행복한 것이다. 한 사람의 선행(?)에 함께한 모든 사람들은 선택의 투쟁을 다 잊어 버리고 즐거운 식탁 앞에 마주한다. 어찌 보면 큰돈이 아닌데도 여러 사람을 잠시나마 아무리 짧아도 1시간 이상은 복되게 해줄 수 있는 것이다.

눈이 그렇다. 눈은 비, 바람, 햇살, 달빛, 별빛, 번개와 천둥, 구름과는 다른 힘이 있다. 무거워서 우리를 옥죄이거나 괴기스러워서 우리를 떨게 하지 않는 다정하기 그지없는 힘이다.

눈은 천둥처럼 요란하지 않지만 소리 없이 세상을 감싸 안는다.

눈은 햇살처럼 눈부시지 않은데도 눈 덮인 세상은 찬란하다.

눈은 바람처럼 모든 것을 흔들어대느라 애쓰지 않아도 우리의 마음을 단번에 뒤흔든다.

눈은 번개처럼 날카롭지 않은데도 사람들의 막힌 담을 종종 쳐내어 벽을 허문다.

눈은 달빛이나 별빛처럼 어둠을 밀어내는 대신 어둠을 토닥거려서 세상이 흉내 낼 수 없는 빛을 만들어낸다.

그래서일까. 눈이 오면 사람들은 자신도 알 수 없는 설렘에 괜스레 즐거움의 온도계가 조금씩 올라간다. 어릴 적, 나는 동생들과 눈 내리는 세상을 마구 뛰어놀았다. 그리고 이 동요를 쉬지 않고 불렀다. 이왕이면 하늘나라 선녀님들이 송이송이 하얀 솜 대신 하얀 가루 떡가루를 풍성풍성 많이 내려주길 바라면서 불렀다. 어린 나에게 송이송이 하얀 솜은 아무 쓸데없는 것이었다. 배고프던 시절이라 그랬는지 우리는 노랫말처럼 하얀 눈을 까만 콩이 콩콩 박힌 백설기 떡 덩이로, 아버지 밥주발이 넘칠 정도로 그득 담긴 하얀 쌀밥으로 상상했다. 상상은 늘 즐거웠고 우리는 강아지를 따라서 혀로 눈을 받아먹는 시합을 했다.

혀보다 얼굴에 더 많이 내려앉는 눈이 차가워서 "으으으…" 하면서도 눈맛을 보았다. "나는 가래떡 먹었어!", "나는 백설기!", "나는 쌀밥!" 저마다 자기가 맛 본 눈을 자랑하는데 여섯 살 막내 동생이 울었다. "큰 언니는 거짓말쟁이! 떡이 어디 있어?"

그때, 왜 나는 그리도 철이 없었을까. 나보다 여덟 살 어린 동생에게 핀잔을 주었다. "마음이 깨끗한 사 람만 떡을 먹을 수 있는 거야!" 나는 동생 앞에서 내 마음이 얼마나 깨끗한지 보여주려고 입을 쩌억 벌렸 다. 그리고 내리는 눈을 게걸스럽게 받아먹으며 소리 쳤다. "와! 백설기다! 가래떡도 있어! 와, 맛있어라! 인절미도 있어! 너무 먹어서 배가 불러!" 동생은 추워 서 새파래진 입술을 바르르 떨며 다시 울었다. "나, 집 에 갈래! 내 마음 안 깨끗해서!"

잠언의 한 구절 같은 동생의 말이 생각날 때면, 특히 눈이 오는 날에, 나는 잠시 입을 닫는다.

이태선 작사, 박재훈 작곡

박재훈은 해방 전에 평양 요한학교를 다닐 때에도 어린이를
위한 노래를 만들었다. 특히 가난으로 병들거나 굶어 죽는 일
이 빈번히 일어나는 현실을 보며, 자기 힘으로는 먹을 것을 줄
수 없음에 한탄했다.

하지만 힘내라고, 조금 더 버티며 이겨내자고 아이들을 격려
해줄 수 있는 음악은 얼마든지 만들 수 있었다. 그는 특별한
재능을 선물로 받은 것을 아이들에게 아낌없이 쏟은 것이다.

펄펄 내리는 눈을 보며 정말 이 눈이 밥이었으면, 떡이었으면
하고 눈물짓던 부모와 아이들의 심정을 슬픔을 넘어선 희망의
소리로 만들어냈다.

✳

달 달 무슨 달 쟁반같이 둥근달
어디 어디 떴나 남산 위에 떴지

〈달〉

달은 우리 얼굴을 보고 싶어 한다

겨울바람이 불며 거세게 비가 온다. 곧이어 미세먼지와 황사가 습격자처럼 우리를 공격한다. 그래도 한번 슬그머니 발을 내디딘 봄은 끄덕하지 않고 제 할 일을 열심히 해낸다. 나무들은 말라버린 빈 가지마다 연두색 새순을 내고, 민들레, 진달래, 개나리, 목련, 철쭉 그리고 벚꽃들은 단장을 마치고 세상구경을 하러 문을 나서고 있다.

자연은 변함없이 피고 지고 다시 태어나며 창조 질서에 순응하고 있다. 수천 년이 흘러도 사과나무에서는 사과가 열리고, 개미는 개미를 낳는다. 메타세쿼이아는 채송화가 된 적이 없고, 호랑이가 토끼 새끼를 낳은 적도 없다. 자기 자리에서 자기의 본분을 다하고 있다. 그러나 인간은 내 자리의 감사함보다는 늘 남의 자리를 못마땅해 한다. 사과나무가 포도를 맺고 싶어 하고, 감나무가 밤나무의 밤송이를 탐내듯이!

《사는 데 꼭 필요한 만큼의 힘》이라는 나의 에세이집을 가지고 독자와 만남을 가졌을 때다. 그 책 속에는 별과 달에 대한 이야기가 많이 나온다. 원래 천문학자가 내 꿈이었던 탓이다. 참석자들과 함께 에세이를 한 편씩 낭독하고 그에 대한 이야기를 나누는 시간이었다. '하나의 별만 바라보고'라는 에세이를 낭독한 뒤 한 참석자가 이런 말을 했다. "내가 아는 부유한 모녀가 있는데 그들이 쇼핑을 하다가 직원에게 심한 갑질을 해서 그 직원이 결국은 정신과 치료를 받고 있다고 합니다. 요즘 이런 일들이 잦아서인지 신문에 나지 않지요. 내가 알기로 그 모녀는 해외여행도 많이 한다는데, 그렇다면 여느 사람들보다 더 많은 나라들의 밤

하늘을 경험하지 않았을까요? 그래서….”

그다음의 말은 내가 아주 조금만 다듬어서 전해 보겠다. “그래서… 두 눈 속으로 와르르르르 쏟아져 내릴 것 같은 몽골 벌판의 밤하늘의 은하수, 태고의 시간 속으로 빨려 들어갈 것 같은 북극의 오로라, 너무 밝아 책 한 권을 다 읽을 수 있다는 콜로라도의 찬란한 달빛, 그리고 중동 사막의 핏빛 오렌지빛 노을 등 우리들이 체험하기 힘든 자연의 놀라운 장면들을 만났을 것입니다. 그때 그들은 별을, 달을, 태양을, 구름을 보며 무슨 이야기를 나누었을까요? 그 엄마는 어린 시절에, 딸은 어릴 적에 밤하늘을 보며 어떤 꿈을 그렸을까요? 다른 사람들보다 넓고 안락한 집의 베란다에서서 모녀는 그들의 행복을 달과 별들에게 뭐라고 자랑했을까요?”

이렇게 질문을 던진 사람은 알고 보니 작가 지망생인 대학생이었다. 참석자들은 “별을 보며 보석 이야기를 했을 거다, 태양한테도 갑질 했을 것 같다, 달을 향해 물컵을 던졌을 거다”라는 가벼운 이야기로 시작했다. 그리고 "그 모녀 마음마다 별 하나씩 들어갔었다면 그들이 얼마나 아름다운 생을 진행했을까 하는 생각이 듭니다"라는 따뜻한 터널을 거쳐 "별들이 폭발하고 깎이고 불타고 부서지고 하면서 빛을 내듯이 그들도 좀 더 인생과 부딪히다 보면 사람에 대해 너그러워지겠지요.", "이렇게 말하고 있는 우리들도 자신 있게 하늘의 존재들을 바라볼 수 있을까요?"라는 성찰의 답으로 이어졌다.

별의 노래가 우리의 양심과 생각을 다듬어 보게 하는 거울의 노래가 된 듯했다. 요즈음은 애어른 할 것 없이 하늘을 올려다보지 않는다. 그래서 우리의 마음이 자꾸 냉랭해지는 것일까. 모두 스마트폰을 보느라 고개는 숙이지만 겸손의 고개 숙임이 아니다. 점점 나만의 세상으로 들어가기 위해 구부러지는 것이다. 달과 별은 우리 동네를 비추고 우리의 얼굴들을 환하게 비춰주고 싶어 하는데 사람들은 자꾸 외면한다. 스마트폰 불빛이면, 달도 별도 어느 날 감쪽같이 사라진다 해도 아쉬워하지 않을 것처럼 말이다.

부족함이 축복이라는 생각이 든다. 전기가 부족했던 어린 시절, 우리는 밤하늘의 달의 안색을 살폈다. "오늘은 달이 화난 것 같아. 저기 봐봐. 달 얼굴에 시커멓게 그림자가 있잖아", "오늘은 달이 신나는 일이 있나 봐. 얼굴에 주름 하나 없어! 활짝 웃는 것 같아." 그뿐인가. 달빛이 있는 이상 걸어가지 못할 밤길은 없었다.

그런데 이제 도시의 불빛과 스마트폰의 빛으로 사람들은 달과 별의 조용한 빛을 찾지 않는다. 상상해 본다. 어느 날, 이 지구에서 달과 별이 사라진다면 사람들은 뭐라고 할까? "스마트폰 있잖아. 이 빛만으로도 눈이 부신데 뭘 걱정해?"라며 자신만만해 할까?

〈달〉

윤석중 작사, 권길상 작곡

윤석중은 말 그대로 뿌린 대로 거둔 사람일 것이다. 수많은 예술가들이 빛도 이름도 없이 쓸쓸히 자기의 길을 가는데, 윤석중은 자신의 음악에 대한 보상을 넉넉히 받았다. 그것은 상으로 증명되는데, 3·1문화상을 시작으로 문화훈장 국민장, 대한민국문학상, 대한민국예술원상, KBS동요대상, 심지어는 리몬 막사이사이상까지 품었다. 이 외에도 여러 상을 받았다.

열세 살 때에 《신소년》이란 잡지에 동요 '봄'이 입선되고, 다음 해인 1925년에는 '동아일보' 신춘문예에 동화극 '올빼미의 눈'이 뽑혔다. 이뿐 아니라 같은 해에 동요 '오뚝이'가 입선되고, 그 이후로 계속 작품이 인정받으면서 천재 소년예술가로 불렸다. 하지만 게으름 없이 평생 동안 동요의 창작과 보급에 힘쓰고, 새싹회를 창립하여 지금도 우리들을 노래 부르게 하고 있다.

✳

당신은 누구십니까 나는 ○○○
그 이름 아름답구나

〈당신은 누구십니까〉

첫사랑, 첫 실수, 마지막 희망

요즈음은 다른 곳에서 봉사를 하고 있는데, 그전까지는 구세군이 운영하는 노숙인자활센터에서 노숙인들(모두 남성들임)에게 글쓰기와 기초인문학을 가르치며, 꽤 큰 규모의 합창제도 갖곤 했다. 센터에서는 거리의 생활을 벗어나 자기 힘으로 살 수 있는 기본적인 지원을 해준다. 정해진 규율과 생활수칙 속에서 지내며, 일하여 자립하게 도와준다. 그리하여 어느 정도 돈도 모으고 심신이 회복되어 삶의 터전을 만들 수 있게 되면 센터를 떠나는 사람도 있다. 하지만 새로 들어오는 사람들도 끊이지 않는다.

오랜 노숙 생활에서 술과 각종 악습에 중독되고, 남은 인생에 대한 소망 없음과 철저한 패배감으로 홀로서기의 훈련이 종종 무너지곤 한다. 30대부터 일흔이 다 되어가는 그들이 다시 살아보려고 옛 자아와 싸우는 모습은 처절하기까지 하다. 사정이 이러한데 일종의 교양수업처럼 그들에게 책을 읽히고, 글을 쓰게 하는 것은 노동보다 더 힘든 일을 시키는 셈이다. 한번은 '나의 인생 책 만들기' 프로그램을 하게 되었다. 자기의 삶의 과정을 직접 쓰고 그려서 책으로 만드는 작업이다.

몇 달간 글쓰기와 그림그리기 과정을 거치고 나서 본격적으로 '나의 이야기'를 한 편의 작품으로 담는 시간이 되었다. 그런데 이들이 창작 글쓰기를 하기는 어려워서 '사람'에 대한 이야기를 주제로 삼았다. 만나고 싶은 사람, 보고 싶은 사람, 영원히 기억하고픈 사람 등등…. 이렇게 사람에 대한 이야기를 글로 쓰는 것은 덜 힘들어했다. 그래도 자기 이야기를 글을 쓴다는 것은 이들에게 담배나 술을 끊는 것처럼 만만찮은 일이었다. 나 역시 그들을 기다려주는 인내의 시간이 필요했다. 그런데 참으로 놀라운 세 가지 사실을 알게 되었다.

그 첫 번째 놀라움은 글 속의 주인공에 대한 것이었다. 센터의 특성상 참석자의 수가 늘 변동되지만 대략 30여 명이 '보고 싶은 사람'이라는 공통주제 앞에서 거의 같은 인물 이야기를 썼다는 것이다. 기구함에 눈물지을 수밖에 없는 비극적 사연이든, 마음 아프지만 평생 간직하고픈 따뜻한 추억이든, 실수투성이 부끄러움 범벅의 과거이든 신기하게도 그 주인공들은 거의 동일 인물이었다. 바로 '첫사랑'. 나는 이들이 가족이나 친구를 추억하며 글을 쓰리라 예상했다. 하지만 대부분 첫사랑을 저마다의 가슴 깊은 곳에서 불러낸 것이다.

두 번째는 그 첫사랑에 대한 기억이 너무나 비슷하다는 점이었다. '순수하다, 귀엽고 명랑하다, 착하다, 화장하지 않은 얼굴에 하얗고 긴 생머리….' 10대와 20대 초반 사이의 사랑 이야기이라 그런지 순수함과 착함을 공통적으로 사용했다. 그리고 이렇게 덧붙였다. '그때는 내가 너무 어려서', '뭘 몰라서', '너무 가난했던 바람에', '조금만 내가 더 정신 차렸더라면', '조언해주는 사람이 있었다면' 그 사랑이 이루어졌을 텐데, 라고 말이다.

마지막 놀람은 이름이었다. 누구도 글 속에 첫사랑의 이름을 쓰지 않았지만, 그 이름을 다시 부르고 싶다는 사람이 많았다. 하지만 내가 이것 때문에 놀란 것은 아니었다. 첫사랑이 나를, 내 이름을 기억해줄지 안타깝다는 글 내용 때문에 놀랐다. 나는 몇 사람에게 그 심정을 물었다. 대답은 비슷비슷했다. '지금은 너무나 내 처지가 비참해서 스스로 이름을 감추려고 하지만 사랑했던 사람에게만은 풋풋한 추억과 함께 기억되고 싶은 나의 이름입니다. 그렇다고 다시 만나게 되길 절대 꿈꾸지 않습니다. 단지, 첫사랑이 문득 나의 이름이 생각날 때, 얼굴 찡그리지만 않는다면 더 바랄 게 없지요.'

그렇다. 어릴 때는 멋모르고 부른 너무나 단순한 가사의 동요이지만 나이가 들어갈수록 스스로에게 질문을 던지게 하는 메시지로 느껴진다.

'당신의 이름은 무엇입니까?'

누가 당신의 이름을 생각하며 웃을까요?

〈당신은 누구십니까〉

작사 미상, 외국곡

동요인데 노랫말이 특이하다. '반가워, 너는 누구니?'라고 하거나 '안녕! 너는 누구야?'라고 시작되지 않는다. '당신'이라고 한다. 그렇지만 이 노래를 아주 어린 아이들이 즐겨 부르는데 전혀 이상함을 느끼지 못한다. 그리고 상대방이 나는 ○○○이야 하면 그 이름 아름답구나, 또는 씩씩하구나, 라고 답한다. 그걸로 끝이다.

이름은 그 사람의 모든 것이 담겨 있다고 해도 과언이 아니기에, 이름을 알고 지낸다는 것은 상대방의 역사에 내가 들어가서 기록을 남긴다는 뜻도 된다. 물론 상대는 나의 인생 역사에 한 페이지 때로는 계속 페이지를 함께 기록해 나가기도 할 것이다. 그러나 모든 이름이 기록되고 추억되는 것은 아니다. 내가 그랬던 것처럼 누군가도 내 이름을 지워버렸을 수도 있다. 단순하지만 나이가 들어감에 따라 코끝을 찡하게 하는 동요이다.

✻

다 같이 돌자 동네 한 바퀴
아침 일찍 일어나 동네 한 바퀴

〈동네 한 바퀴〉

아침마다 집 앞이 시끄러운 행복

기억을 더듬어보면, 나의 이른 아침은 늘 소리를 통해 달려왔다. 아침이라 하여 소리 없이 느릿느릿 다가오거나, 길고양이처럼 이리저리 눈치 보며 오지 않았다. 아주 당당했고, 지금 생각하니 요란하기까지 했다.

다다다타타다닥다다다, 신문이요! 집집마다 신문 배달 소년들 또는 청년들의 달음질 소리가 제일 먼저 아침을 알렸다. 가끔 배달하는 아이들끼리 다투는 소리도 들렸다. "이 집에 왜 그 신문을 넣는 거야? 그리고 왜 남의 나와바리를 넘보는 거야", "웃기지 마! 오늘부터 우리 신문 본다고 했어!"

소년들의 거친 목소리 사이로 집 앞마다 놓여 있는 쓰레기통을 비우는 청소부들의 삽과 빗자루 소리도 들렸다. 따뜻한 우유를 전달하기 위해 동그란 모양의 초인종을 누를 때마다 노래하듯 나오는 소리, 두부 장사의 외침, 남보다 부지런해서 집 앞을 쓸고 남의 집 앞까지 비질을 하며 인사를 나누는 사람들의 말소리, 주인을 따라 나온 강아지들의 의기양양한 소리….

이렇게 이른 아침은 언제나 빛보다 소리가 먼저 우리들을 깨웠다.

그리고 잠시 동네는 조용해진다. 아침을 먹고, 출근과 등교 준비를 하느라 그렇다. 그 사이에 새벽은 물러나고 아침이 기지개를 하며 다가온다. 다시 집 앞은 소리로 시끄럽다. 학교 가는 아이들의 웃음소리, 친구를 부르는 소리, 만나자마자 싸우고 우는 소리, 아이들 사이를 요란하게 달리는 자전거 소리….

당연하게 생각했다. 아침은 늘 시끄러운 소리로 시

작되는 것을.

그런데 지금 나의 이른 아침은 말 잃은 자 같다. 일어나자마자 베란다로 나가서 문을 열고 세상을 바라본다. 6층 아파트이지만 제법 세상이 내려다보인다. 그러나 저 멀리 보이는 자유로와 아파트 단지 앞 도로에서 달리는 자동차 외에는 아무 소리도 들리지 않는다.

신문을 배달하던 아이들은 이제 아빠들이 되어서 출근 준비를 할까? 우유를 돌리던 청년들은 노인이 되어 공원에 운동하러 갔을까? 두부는 발자국 소리도 내지 않는 새벽 배송이 담당하겠지. 쓰레기 수거는 다음 주 화요일이고… 강아지들은 모두 어디로 갔을까? 가끔 길고양이들이 괴기스러울 정도로 지르는 울음소리 외에는 강아지들의 소리를 거의 들을 수 없다. 이제 아침은 소리 대신 빛이 담당하는 듯하다.

그러나 그 빛들은 이상하게도 꺼져가는 촛불처럼 초라하다. 아파트 단지 안에 있는 24시간 편의점 간판

불빛이 측은하게 보일 때가 바로 새벽이 오고 있음을 알게 해준다. 앞 동의 90세대의 집마다 하나둘 불이 켜지는 것을 볼 때 일상의 고단함을 알고도 다시 시작하는 우리들의 비장함이 느껴진다. 거리의 가로등 불빛이 지쳐 보일 때, 미세먼지 가득한 하늘 여기저기서 끊질기게 빛을 내다가 파르르르르 떨며 물러나는 별들을 볼 때 아침이 달려오는 것을 알 수 있다.

우리는 친구들과 온 동네를 뛰어놀며 이 노래를 불렀다. 아이들은 저마다 강아지들을 데리고 나와 같이 뛰었다. 그러다가 강아지들끼리 마음이 맞아 연애를 하면(우리는 그렇게 말했다), 남자애들은 킬킬대며 그 연애질을 훼방하기도 했다. 어릴 때는 왜 그렇게 뛰었는지! 왜 그렇게 소리를 지르며 놀았는지! 왜 그렇게도 잘 웃었는지! 그래서 동네 어른들에게 가장 많이 들은 야단이 "좀 조용히 좀 놀아라!"였다.

나도 동네 아이들에게 이런 말 좀 하고 싶다. "좀 조용히 놀래? 시끄럽잖아!" 그리고 맛있는 과자도 듬뿍

주고 싶다. 그러나 내가 무슨 말을 해도 들어 줄 아이들이 보이지 않는다. 소리 없는 아침이 가엽다.

우리가 가엽다. 시절이 초라하다.

〈동네 한 바퀴〉

윤석중 작사, 외국곡

원래 이 노래는 프랑스 동요 '수탉이 죽었다'이다. 내용은 대략 이러하다. '수탉이 죽었다 수탉이 죽었다 수탉이 죽었어 수탉이 죽었다 수탉이 죽었어 더 이상 못 울어 꼬끼오 꼬꼬 더 이상 못 울어 꼬끼오 꼬꼬 꼬끼오 꼬꼬 꼬꼬댁 꼬꼬.'

동요라고 하기에는 내용이 괴기하며, '죽었다'라는 말이 반복되니 불쾌하기까지 하다. 그런데 놀랍게도 윤석중 선생은 완전히 다른 노랫말을 지어서 새 생명을 불어넣은 것처럼 노래를 재탄생시켰다. 물론 우리나라 정서상 원문 그대로 불렸다면 어디론가 잡혀갔을 것이다.

재미있는 것은 1970년대에 혼분식 장려 운동을 했을 때에 이 노래를 '꽁당보리밥'이라고 개사하여 큰 사랑을 받기도 했다.

＊ 원곡—'수탉이 죽었다Le coq est mort'(프랑스 동요)

✳

아버지는 나귀 타고 장에 가시고
할머니는 건넛마을 아저씨 댁에

〈맴맴〉

고추는 맵고, 달래는 씁쓸해, 인생처럼

'단순', '반복'. 어린이들이 부르는 노래의 특징 중 하나이다. 그럼 어른들이 부르는 노래는 복잡하고, 5분이 채 안 되는 시간 속에 무쌍한 변화가 있다?

결코 아니다. 어른들의 노래, 특히 유행가 역시 반복과 단순한 가사나 리듬이 사람들의 마음을 끄는 것은 사실이다.

어릴 적, 친구들과 또는 동생들과 손으로 코끼리 코를 하고 맴맴맴맴 부르면서 빙빙 돌다가 넘어지고, 웃고, 다시 일어나서 뱅뱅 돌고, 또 쓰러지며 놀았다. 그

때는 이 정도의 일(?)로도 종일 웃을 수 있었다. 하지만 서울내기인 탓에 노래 내용은 하나도 이해하지 못했다. 단순하게 반복되는 리듬과 노랫말이 재미있을 뿐이었다. 동생들도 마찬가지였다.

그런데 동생들이 심심하면 나에게 물어본 대목이 있다. 큰언니가 세상에서 모르는 게 하나도 없다고 믿는 동생들은 별의별 것을 다 내게 물었는데, 이 노래도 그중 한 가지 질문덩이었다.

─큰언니, 왜 아버지는 나귀를 탔지?

─음… 나귀가 빠른 동물이라서.

우리는 나귀를 책에서 흑백 그림으로 본 게 전부였다. 그러나 몸집이 작으니까 큰 말보다 더 빨리 껑충껑충 잘 뛸 거라고 나는 생각했다.

─큰언니, 왜 애들이 매운 고추랑 맛없는 달래를 먹으면서 아버지를 기다렸어?

─음… 옛날에는 우리나라가 가난해서 먹을 게 없어서 그랬을 거야. 옛날에는 밥을 못 먹어서 죽는 사람도 많았대.

동생들은 내 말에 고개를 끄덕였다. 거리에서 구걸하는 사람들을 종종 보았기 때문이다.

─큰언니, 그런데 왜 아버지가 옷감을 사 왔어? 그렇게 가난한데 먹을 걸 사가지고 와야지.

─음… 먹을 거랑 반찬거리는 있는데 노래가 짧으니까 그냥 옷감 얘기만 한 걸 거야. 노래는 일기장이 아니잖아.

나의 대답에 동생들은 "큰언니는 척척박사야!" 하며 존경한다는 표정을 지었다. 그러던 어느 날, 우리는 노래를 흉내 냈다. 아버지는 회사에 가고, 엄마는 노래 속 내용처럼 친척 집 돌잔치에 갔을 때였다. 둘째 여동생의 제안으로 부엌 찬장에서 빨간 고추를 꺼냈다. 빨간 고추는 엄마가 물김치 담그려고 사다 놓은 것이었다.

나는 가위로 빨간 고추를 다섯 토막으로 잘랐다. 우리는 방안에 빙 둘러앉아 고추를 먹기 시작했다. 그리고 3, 4초도 안 되었을 때, 막내 남동생이 "우아…" 비명을 지르며 토해내듯 고추를 내뱉었다. 그러더니 제

자리에서 펄쩍 일어나며 발을 굴렀다. "매워, 매워, 매워! 물, 물, 물 줘!" 하지만 나와 세 여동생은 눈물을 줄줄 흘리면서도 끝까지 다 먹었다. 발을 구르던 남동생은 부엌으로 가서 스스로 물을 마시면서도 울음소리를 냈다. 우리 네 자매는 손으로 코를 잡고 빙빙 돌며 맴맴 소리를 냈다.

그날, 나는 큰언니 노릇 제대로 못 한다는 죄명으로 엄마에게 한참을 혼났다. 고추 먹고 흘린 눈물보다 더 많은 눈물을 흘렸다. 잠자려고 한방에 나란히 누운 우리 오 남매는 어둠 속에서 같은 말을 했다. "이상한 노래야. 왜 고추를 먹었지?" 그러면서도 우리는 유행가를 부르기 전까지 잘도 불렀다.

우리는 이렇게 동요를 부를 때마다 그 노래 속의 이야기를 종종 따라 했다. 왜냐하면 동요의 내용이 키가 작거나 몸집이 크지 않은 어린 우리들의 이야기 같아서였다. 부자나 공주 이야기도 아니고, 똑똑한 사람들의 잘난 이야기만도 아니라 그럴 수 있었던 것 같다.

'충북 음성군 생극면 오신로 342번길 27'. 이곳에 고추 두 개의 모양으로 만든 노래비가 있다. 이곳이 동요 '맴맴'이 탄생된 곳인데다 음성군이 청원군 못지않게 고추 마을로 유명해서이다.

1920년대 만들어진 이 동요의 원래의 제목은 '집 보는 아기의 노래'였다고 한다. 아기가 얼마나 심심하고, 그 시절 먹을 게 없었으면 매운 고추를 먹고 어지러워서 빙빙 돌았을까! 라는 안타까움이 든다. '달래 먹고 맴맴'이라는 부분도 원래는 '담배 먹고 맴맴'이었는데 해방 뒤, 교과서에 실릴 때에 바꾼 것이라고 한다. 담배(담뱃잎일 수도 있다)이든, 고추이든 어린아이가 먹으면서 배고픔과 외로움을 달랬을 생각을 하니 마음이 아리다.

＊

푸른 하늘 은하수 하얀 쪽배엔
계수나무 한 나무 토끼 한 마리

〈반달〉

별 하나만 바라봐도 걸을 수 있어

사람들은 자기만의 밤하늘에 대한 추억이 있다. 나도 그렇다. 일산에 와서 밤하늘, 그리고 별에 대한 새로운 이야깃거리가 생겼다. 서울보다 하늘이 넓고, 서울에서는 어디인가에 꼭꼭 숨어 있던 별들이 일산에서는 부끄러워하거나, 귀찮아하지 않고 제 모습을 드러낸다. 그래서 처음에 나는 고개를 위로 향하고, 별을 보며 걸었다. 하지만 이리 비틀 저리 비틀, 몇 걸음 못 가 멈추고 말았다.

그러던 어느 날 밤. 나는 사람들이 흔히 말하는 가슴

이 찢어질 듯한 슬픈 일을 품은 채 버스에서 내렸다. 11월이라 그런지 여덟 시 정도였지만 봄날의 자정처럼 어둠이 짙게 내려앉아 있었다. 건물들과 나지막한 가게들의 불빛이 아니라면 동네는 한 장의 검은 도화지였을 거다. 집으로 걸어가는 동안 나는 내내 참았던 눈물을 어둠을 틈타 쏟아내고 말았다. 하지만 오고가는 사람들에게 투명한 눈물 줄기를 들키는 것 같아 얼른 눈물을 닦고 하늘을 올려다보았다. 눈물이 멈추지 않아서였다. 그러면서 아무 생각 없이 별 하나를 바라본 채 걸었다.

얼마나 걸었을까. 정신을 차렸을 때는 집을 지나 호수공원 쪽으로 가고 있음을 알았다. 하지만 더 놀라운 일이 있었음을 깨달았다. 내가 하늘만 보고 걸었는데, 아니 별 하나만 바라보고 걸었는데 거의 비틀거리지 않고, 어지럼증 없이 잘 걸었다는 것이다. 나는 몇 시간 동안 고통스러운 일 속에 있었고, 눈물을 얼마나 흘리며 걸었는지는 잊었다. 그리고 우주의 비밀 하나를 푼 사람처럼 되돌아 집으로 향했다.

그리고 조금 전처럼 하늘의 별들 중 가장 크게 보이는 별을 두 눈으로 바라보며 천천히 걷기 시작했다. 놀라웠다. 아파트 단지 앞까지 오는 동안 나는 흔들림 없이 걸었다. 좌로도 우로도 치우치지 않은 채 평온히 걸었다. 나무나 벽에 부딪히지 않고 온전히 걸었다. 집에 들어가기 싫었다. 나는 다시 돌아섰다. 내가 풀어낸 우주의 비밀을 몇 번이고 확인하고 싶었다. 다시 호수공원 쪽을 향해 걸었다. 별 하나만을 바라본 채.

그날 밤, 나는 샤워를 하며 생각했다. 왜 나는 스스로 아픔과 고통과 혼란을 자초하고 나서야 나름대로의 겸허와 평안과 추스름에 대하여 깨닫게 되는지. 발걸음을 조금만 오른쪽으로, 때로는 왼쪽으로만 돌리면 괴로움과 무질서의 늪에서 빠져나올 수 있는 줄 알면서도 갖가지 핑계를 댄다. 결국 그 속에서 몸과 마음이 만신창이가 되어 겨우 호흡만 하는 처지가 되어서야 정신을 차리고 마음을 씻는다. 덧없이 시간을 흘려보내고서는 다시는 치유될 수 없을 것처럼 남은 흉한 상처를 바라보며 스스로를 야단친다.

'도대체 너, 왜 그랬니? 이것저것 뭘 그렇게 많이 쳐다보고 다니느라 네 가슴이 갈라지는 것도 몰랐어? 늘 이런 식이지. 그러나 오늘 알았지? 별 하나만 바라보고 걷는 거야. 그래, 그렇게 걸어가는 거야. 별 하나에 눈과 마음을 의지한 채 걸어가듯이 다시 걸어가자. 반달 속 토끼도 나처럼 혼자잖아. 토끼가 탄 배는 통나무를 쪼개어 속을 파서 만든 위험하기 그지없는 작은 배야. 그것도 내 인생 배랑 닮았어. 그리고 어쩐 일인지 돛대도 없고, 삿대도 없어서 그냥 바람에 의지하여 갈 수밖에 없어. 바람이 세면 빨리 가고, 바람이 늦장 부리면 토끼의 여정도 늦어지는 거야. 그런데 분명한 것은 배는 서쪽으로 가고 있다는 거지. 외롭고, 고단하고, 제 마음대로 안 되는 뱃길이지만 토끼는 배에서 뛰어내리지 않아.'

이제 나는 밤하늘이 머리 위에 있을 때면 별 하나만을 바라보며 걷는다.

〈반달〉

윤극영 작사, 윤극영 작곡

1924년에 발표된 '반달'은 우리나라 동요의 시작을 알리는 나팔소리 같은 존재다. 처음에 이 동요가 발표될 때에는 '푸른 하늘 은하수'가 아닌 '푸른 하늘 은하물'이었다. 얼마나 아름다운 눈빛인가! 또, 1926년에 출간된 반달 동요집의 표지에는 토끼 대신 벌거벗은 날개 달린 천사가 쪽배에서 작은 나팔을 불고 있다.

이 동요의 짙은 서정성과 노랫말이 시대 분위기와 어우러져 많은 일화가 생겼다. 동요 속의 서쪽은 어디이며, 토끼는 누구를 상징하고, 쪽배는 무엇이며 등등…. 해석이 여러 가지이다. 해석은 느끼는 사람의 몫이다. 예술은 정답을 싫어한다, 일까?

✳

떴다 떴다 비행기 날아라 날아라
높이높이 날아라 우리 비행기

〈비행기〉

아버지 비행기, 아버지 나라

우리 오 남매의 아버지는 파일럿이다. 그래서 우리는 아버지의 비행기를 밤이고 낮이고, 겨울이든 여름방학이든 아무 때나 마음대로 탈 수 있었다. 좌석은 늘 비즈니스 클래스, 아무리 먼 거리라도 완전 무료, 가고 싶은 곳은 어디이든 타고 갈 수 있었다.

아버지의 비행기는 세상에 단 하나뿐이라서 너무도 소중했다. 아버지는 오 남매를 모두 아버지의 비행기를 태워서 길렀다. 특이하게도 아버지의 비행기는 단한 번도 고장이 나서 멈추거나, 명절이나 특별한 휴일이라 하여 비행을 하지 않은 적이 없었다.

우리 역시 만만찮았다. 아버지의 비행기에 싫증을 내서 다른 비행기를 타려고 한 적이 결코 없었기 때문이었다. 아버지가 피곤하니 쉬게 해드려야지, 하며 엄마가 말려도 우리는 아버지의 비행기만을 고집했다. 어느 때는 아버지가 우리를 놀려주려고—사실은 더 재미있게 해주려고—일부러 비행기를 공중에서 어지럽게 빙빙 돌리거나 아주 빠르게 오르락내리락하고, 휘익 휘익 좌우로 흔들어 대서 우리는 소리치고 울기도 했었다. 그런데도 며칠 지나면 서로 먼저 아버지의 비행기를 타겠다고 다투기까지 했다.

이 비행기의 자랑을 하나 더 하자면, 한밤중이라도 아버지는 우리가 "브라질 가고 싶어요!" 하면 "내일 학교 가야지", "숙제는 다 했어?", "한밤중에 어딜 간다고 그러니?", "아버지가 오늘은 피곤해서 안 되겠어"라고 거절하신 적이 없다는 것이다. 아버지는 우리가 미국이든, 독일이든, 북극이든 "가고 싶어요!" 하면 "오케이! 탑승!" 하면서 곧바로 비행 준비를 하셨다. 그리고 두 발 비행기에 시동을 거셨다.

세상에나!!!

이렇게 화려하고 멋진 어린 시절을 보낸 사람이 어디 있을까? 물론 없다! 황제나 대통령의 딸? 재벌이나 명문가의 자녀? 그들은 오히려 수많은 제약과 간섭 속에서 힘들어하다가 반항의 몸부림을 치는 경우가 많았다. 아버지의 권력과 돈과 명예를 함께 누리고 사는 것에 흥미를 잃어 일탈하고 일부러 어긋나는 길을 가는 사람도 허다하다. 왜냐하면 대부분 아버지가 가진 것을 아이들도 가지게 되지만 정작 '아버지'는 누리지 못해서였을 것이다.

그러나 우리 오 남매는 아버지의 비행기 한 대 만으로도 부족함이 없었고, 그 비행기가 이제는 사라졌지만 추억만으로도 우리는 기쁨의 유산을 누리고 있는 것이다. 왜냐하면 우리는 비행기가 아닌 아버지를 마음껏 누렸기 때문이다.

우리 오 남매의 비행기는 아버지이다. 비행기의 수명이 다하듯 아버지도 지상에서 마지막 삶의 한 방울

힘까지 가족을 위해 다 쏟아내고 하늘로 가셨다.

아버지의 두 발 비행기를 타며 우리 오 남매는 날마다 하늘을 날며, 환호하고 눈물이 날 정도로 웃었다. 때로는 아버지와 함께 온갖 종류의 종이를 접어 비행기를 날렸다. 비행기에는 저마다 이름을 쓰고, 소원을 적었다.

아버지의 비행기에는 엄마, 아버지, 그리고 우리 오 남매의 이름이 늘 적혀 있었다. 그리고 언제나 같은 글이었다.

'우리는 더 바랄 소원이 없습니다. 감사합니다!'

비행기는 날아야 하고, 기차는 달려야 한다. 아버지의 비행기는 69년간 쉼 없이 날았다. 북한의 평양에서 남한으로… 남한의 서울에서 평양을 들러 천국으로… 이제 아버지의 두 발 비행기는 멈추었다. 그런데 다시 비행기 소리가 들린다. 이제 우리는 아버지가 하셨듯이 우리의 두 발을 굴려 아이들을 태워주고 있다. 그래서 우리 오 남매는 대를 이어 사랑의 파일럿이 되어

가고 있다. 가족은 이렇게 두 발을 굴리는 수고를 통
해 세워지기도 한다.

〈비행기〉

윤석중 작사, 외국곡

동요 '비행기'는 원래 미국에서 1830년 즈음에 발표된 노래이
다. 내용도 아주 다르다. '메리는 아기 양이 있었어/양털은 눈
처럼 하얗지/아이가 가는 곳마다 아기 양은 따라 갔어'. 이렇
게 시골 마을의 정겹고 사랑스러운 이야기가 펼쳐진다.

그러나 윤석중 선생은 가난하고 배고픈 우리 아이들에게 용기
와 꿈을 주려고 완전히 다른 노랫말을 붙였다. 아기 양이 비행
기로 변신한 셈이다. 버스나 전차도 제대로 타보지 못 한 아이
들이지만 비행기 노래를 부르며 하늘을 마음껏 날 수 있었다.
동요의 힘이다!

＊원곡—'Mary had a little lamb' (미국)

✳

사과 같은 내 얼굴 예쁘기도 하구나
눈도 반짝 코도 반짝 입도 반짝 반짝

〈사과 같은 내 얼굴〉

신성일보다 천배 잘생긴 사과

4차 산업, 인공지능, 기술혁신, 우주산업, 화성에서 1년간 지낼 사람 모집 이미 예약 만료, DNA 지도를 애초에 바꾸어서 질병 없는 인간 탄생 가능…. 과학에 문외한인 사람들이라도 이 정도 이야기는 외울 정도로 날마다 듣고 있다. 그러나 참으로 놀랍고도 기가 막힌 일은 아직도 우리네 드라마 속 주인공은 재벌 남자와 구차한 삶을 사는 여자와의 환상적인 만남, 또는 재벌 외아들 총각과 가난한 미혼모의 사랑으로 이어진다는 것이다. 두 여자의 공통점 중 가장 큰 것은 외모이다.

그래서인지 청소년들(특히 여학생들)은 얼굴이 예쁘면 인생이 달라진다고 믿기도 한다. 그 믿음은 실천으로 이어진다. 틈만 나면 거울로, 스마트폰으로 얼굴을 보고 화장한다. 부모를 설득해서 얼굴을 고치려고 한다. "참 예쁘다!", "예쁜데 연예인(걸그룹) 할 생각 없어?" 이런 인정과 칭찬에 목말라 한다. 그래서 나보다 더 예쁜 애가 있으면 마음이 편하지 않아 괴로워하기도 한다. 여학생들만 이럴까?

나는 아주 가끔씩 노인종합복지회관 안에 있는 노인대학에 특강을 하러 간다. 그때마다 지역을 넘어서 비슷한 풍경을 목격하게 된다. 대부분의 노인대학은 남성 20%에 여성 80%의 비율인데, 대부분의 여성들은 꽃단장을 하고 있다. 그러나 남성들은 세수나 대충하고 집에서 입고 있던 차림새거나, 또는 방금 등산하고 내려온 듯한 등산복파가 있다. 그리고 어디 가나 꼭 있는 존재감 확실한 남성들이 있다. 중절모에 화려한 양복을 입은 무대파이다. 그런데 그곳에서도 여성들의 미의 경쟁은 소리 없이 요란하다. 그 증거 중 하나가 쉼 없이 다른 여성들의 옷매무새와 소지품을 살핀다는 것이다.

지금 이 글을 쓰면서 생각나는 할머니가 있다. 몇 달 전 합정동에 있는 어느 은행에서 차례를 기다리고 있을 때였다. 까맣게 머리를 염색하고 눈썹 문신을 짙게 한 할머니가 심심한지 옆자리에 앉은 퉁퉁한 몸집의 할머니에게 말을 걸었다. 나는 그들 바로 뒷자리에 있었다. 두 사람은 이런저런 이야기를 하더니 드디어 각자의 남편 이야기를 꺼냈다. 여성들의 특징 중 하나가 낯선 이와 아주 쉽고 빠르게 소통할 수 있다는 것이다.

"그런데 아줌마네 아저씨는 올해 몇이세요? 우리 영감은 칠 년 전에 죽었거든요." 그러자 염색 할머니의 목소리가 커졌다. "우리 영감도 세상 떴지만 신성일보다 몇 천 배는 잘생겼댔어요!" 문제는 그다음부터였다. 그날 그 시간에 그 은행에 앉아 있던 모든 사람은 염색 할머니의 "우리 남편은 신성일보다 몇 천 배 더 잘생겼댔어요!"라는 말을 귀가 먹먹할 정도로 들었을 것이다. 그 할머니의 남편에 대한 찬사는 오직 '신성일보다 잘생김'이었다. 이런 말도 했다. "어떤 영감탱이가 나보고 연애하자고 해서 내가 뭐랬는 줄 알아요? 우리 남편은 신성일보다 천배는 더 잘생겼어! 그랬더니 입 다물더라고요. 어디서 그런 호박 덩이 같은 얼굴을 나한테 들이밀고는. 기가 막혀서!"

나는 자세히 그 할머니의 얼굴을 살펴보았다. 얼굴 가득 강퍅함이 앉아 있고, 즐거움이나 기쁨 따위는 잘 모르는 듯한 눈매였다. 나는 퉁퉁한 할머니를 구출해 주고 싶은 마음까지 들었다.

생각해본다. 그 할아버지는 단지 외로워서 염색할머니에게 말을 건 것인데 호박 같은 얼굴이라서 무참히 깨진 것일까? 사과 같고, 호박 같은 얼굴은 무어란 말인가? 호박이 몸에 좋다고 죽 쒀서 먹을 나이가 되면 알게 될까?

〈사과 같은 내 얼굴〉

김방옥 작사, 외국곡

1절 사과 같은 내 얼굴은 2절 오이 같은 내 얼굴로 이어진다. 여기까지는 별문제 없어 보인다. 그런데 3절로 들어서면서 마음이 불편해진다. '호박 같은 내 얼굴/우습기도 하구나/눈도 둥글 귀도 둥글/입도 둥글둥글'.

왜 우습다는 것일까? 남들이 내 얼굴을 보고 비웃는다는 것인지, 내가 스스로 탄식하는 자조적인 웃음인지 궁금하다. 우리네 정서로 호박=예쁨이 아님은 분명하니 3절 가사의 웃음은 행복한 모습이 아니다. 그런데도 왜 우리는 계속 이 노래를 부를까? 1절에 도취해서? 3절의 비틀어진 속셈을 알지 못해서?

＊

산고개 고개를 나 혼자 넘어서
토실토실 알밤을 주워서 올 테야

〈산토끼〉

나도 힘드니까 나 혼자 갈래

극심한 스트레스로 몸과 마음이 다 망가진 상태가
되어 입원한 적이 있었다. 대학종합병원의 6인 병실
이었는데 내 옆 침대에는 우리나라 최고 호텔에 근무
하는 호텔리어가 누워 있었다. 그녀는 그 당시 30대로
초등학교와 유치원에 다니는 어린 두 딸과 자상하기
그지없는 남편이 있었다. 그녀의 병명은 폐암이었다.

나는 어쩌다가 그녀의 가족과 친밀해져서 퇴원 후
에도 그녀를 종종 방문했으며, 심지어는 그녀의 마지
막 순간까지 지켜보았다. 그리고 통원치료를 하려고

병원에 갔다가 우연히 그녀의 남편을 만나 잠시 차를 나누었다. 그때, 그는 이런 하소연을 했다. "사람들이 처음에는 위로를 해주었는데. 저마다 자기들 살기도 힘든지 나를 피해요. 내가 아내가 보고 싶다면서 울고, 자식들 키우는 어려움을 하소연하게 되는데… 그러면 듣는 사람들이 너무 힘들어해요. 그래서인지 나를 피하는 것 같아요."

그렇다. 사람들은 이런 말을 자주 한다. "나도 살기 정신없고 힘든데 더 힘든 사람 만나고 싶지 않아요." 심지어 어느 교육학 강사의 "나는 평생 나보다 훌륭한 사람을 친구로 두려고 노력했어요. 나보다 공부 잘하는 아이, 나보다 착하며 나보다 뭐든 잘하는 아이하고만 친구하는 게 내 인생을 잘 펼쳐나가는 겁니다. 여러분의 아이들도 그렇게 키워야 합니다. 사람은 자기가 바라보는 것을 닮게 마련이거든요"라고 하는 말에 나는 아연실색했었다. 그날 결국 나는 강연장을 조용히 나왔다.

부모 자식 관계도 종종 그렇다. 어느 한쪽이 너무 누

추하게 살면 가까이 하지 않는다. 내가 도와줄 능력은 없는데 만나면 뭐 하랴. 그래도 두 손에 뭐라도 들고 가야 참 위로가 될 게 아닌가. 똑같은 사람들끼리 만나서 한숨만 쉴 바에는 차라리 안 보고 덜 속상한 게 낫다, 라는 생각 때문일 것이다.

그렇다. 세상은 나보다 힘든 사람, 나보다 약자라고 생각하는 사람, 내 마음에 안 들게 사는 사람이 가까이 오거나, 친밀하게 지내려고 하면 피한다. 멀리한다. 무슨 핑계를 대서라도 덜 만나고, 헤어지려 한다. 그리고 도망가거나 험담까지 한다. 심지어는 자신에게 붙어있을까 봐 전화도 가려 받고, 문자도 꿀꺽 삼켜버린다. 잠언에서는 이렇게까지 말한다. '가난한 사람은 친구들과 길을 가다 보면 잠시 뒤 제 곁에 아무도 있지 않음을 알게 된다.'

그러나 나보다 잘살고, 사회적으로 낫다고 여기며, 나에게 무언가 도움이 될 것 같은 사람은 내가 먼저 꽉 붙잡는다. 별로 친하지 않지만 "내가 그 사람 잘 알지. 나랑 친하지. 내 친구야! 정말 좋은 사람이야"라며 떠벌린다.

　나는 이러한 풍조를 불경스럽게도 산토끼 노래를 부르면서 느꼈다. 1절까지는 귀여운 토끼만 상상하며 신나게 부른다. 그러다 2절로 들어가면 고개가 갸웃해진다. '산고개 고개를 나 혼자 넘어서 토실토실 알밤을 주워서 올 테야.' 뭐지? 왜 이 토끼는 자기 혼자 가는 걸까? 아무리 토끼라도 고개를 혼자 넘으면 힘들고 심심할 텐데. 그리고 토실토실 알밤을 주워온다고 하는데 혼자서 주워 오면 얼마나 가지고 온다고?
　이 질문에 대해 어린 시절 그 누구도 답해 준 어른은 없었다. 아버지만 "토끼가 친구들 대신 주워 오는 걸 거야. 착해서…"라고 하셨지만 아버지의 목소리는 그다지 뚜렷하지 않았다. 세월이 흘러 지금 나에게 이런 질문을 하는 아이들은 없다. 나는 꽤나 긍정적인 사람인데도 이런 생각을 한다. '토끼는 친구들이 자기보다 힘든 아이들이라서 혼자만 노는 걸까?' 내가 그동안 비뚤어진 사람들을 많이 보아서인가 보다.

〈산토끼〉

이일래 작사, 작곡

'산토끼'는 1938년에 발간된 작곡자 이일래의 동요곡집《조선동요작곡집》을 통하여 발표되었다. 이 책에 실린 스물한 편의 동요 중, 이 노래만 오늘날까지 아이들의 사랑을 받고 있다.

《조선동요작곡집》은 마산에서 교회성가대를 지휘하던 이일래의 음악 활동을 지원하기 위하여 오스트레일리아 선교회가 한영판으로 그의 작품을 모아 출판한 것이라고 한다.

그러고 보면 나의 '산토끼' 2절에 대한 생각은 완전 잘못된 것 같다. 그렇다면 토끼의 생태에 대해 잘 아는 사람이 설명해주면 얼마나 좋을까.

✳

새 신을 신고 뛰어보자 팔짝
머리가 하늘까지 닿겠네

〈새 신〉

굳은살 박인 발이라고 새 신발은 놀리지 않는다

내 신발 치수는 '225'이다. 신발 가게에서 225 치수는 구하기 힘들다. 한번은 A 브랜드의 운동화 매장에 갔는데 '225'가 없어서 같은 브랜드의 아동화 코너로 갔다. 와, 그 치수, 그 디자인의 운동화가 있었다. 나는 의자에 앉아 당장 신어봤다. 그런데 이상했다. 분명 225 치수인데 어른 운동화와는 무언가 달랐다. 우선 발 폭이 좁아 불편했다. 아동화 코너에 225 치수는 다른 디자인으로도 많았지만 그 어느 것도 내 발을 편하게 담지 못했다. 역시 아동화는 아동화다, 라는 놀라운 비밀을 잔뜩 체험한 채 일어섰다.

결국 다른 브랜드의 운동화를 구입하고 집으로 오는 내내 생각했다. 그전에는 새 신발이라는 것만으로 기뻐했는데, 지금은 브랜드가, 디자인이, 색깔이 마음에 들지 않는다고 한 시간을 넘게 돌아다니다니! 이런 고민은 나만 하는 게 아니다. 노숙인들처럼 도움이 필요한 사람들에게 보호 시설에서 생필품을 나누어 줄 때에도 그들은 '꼼꼼히' 살핀다. 몇 년 전만 해도 상상할 수 없는 풍경이다. "이 색깔 말고 다른 색깔 없어요?", "디자인이 왜 이렇게 촌스럽지? 안 입을래요", "어? 이 신발은 저쪽에서 작년에 준 거랑 똑같네. 우릴 뭐로 보고 재고를 줍니까?" 이런 현상에 무작정 그 사람들을 판단해서는 안 된다. 100% 우리들의 모습이기 때문이다. 그리고 사람의 인성보다는 필요 없이 너무나 많아진 물질이 문제라고 생각한다.

노래 속 아이는 새 신발이 생겼다. 누가 사주었을까? 아니, 얼마 만에 새 신발이 생긴 걸까? 아니면 신고 싶던 비싼 신발이 생겨서일까? 얼마나 좋으면 머리가 하늘까지 닿을 것 같다고 할까. 아이는 지금 집 밖에서 뜀질을 하고 있는 것 같다. 아마 바둑이도 같이 나와서 어린 주인이 뛸 때마다 함께 오르락내리락했음이 분명하다. 그래야 강아지이니까.

나도 그랬다. 부모님은 오 남매의 신발을 자주 살펴며 닳는 차례대로 사주었다. 그래서 새 신발을 신게 되는 그날의 주인공은 기쁜 나머지 머리맡에 새 신을 두고 잤다. 한번은 아버지가 넷째 여동생을 놀려주려고 신발을 감추고는 쥐가 물어갔다고 했다. 그 당시 정말 집집마다 쥐가 부엌에서 먹거리를 물어가는 일이 있기에 동생은 대성통곡을 했다. "쥐야, 내 신발 줘, 내 신발 줘…" 아이가 경기를 일으킬 정도로 울자, 아버지는 놀라 신발을 가지고 왔다. "눈물 뚝! 쥐가 네 우는 소리 듣고 놀랐는지 부엌에 갖다 놨어. 어서 뚝!" 그리고 아버지는 부엌을 향해 소리쳤다. "나쁜 쥐야! 우리 딸 운동화 다시는 탐내지 마라! 너는 네 엄마한테 신발 사달라고 해!" 내 생각에 그때 우리집에 살던 쥐들이 참으로 억울해했을 것 같다.

　노래 속 아이는 그냥 뜀질로만은 기쁨을 표현하기에 부족하다고 생각했는지 집 앞산을 향해 달린다. 바둑이도 같이 달린다. 새 신발 구경하러 나온 동네 친구들도 함께 달린다. 처음에는 흙은 물론 먼지조차 묻을까 아낀 신발인데 이제는 거침없이 산을 오른다. 작은 돌멩이들과 누런 진흙 부스러기, 나뭇잎과 거친 나뭇가지들이 새 신발로 마구 쏟아져도 마음 쓰지 않는다. 왜냐하면 두 발이 너무 가볍거든! 산봉우리 백 개도 넘을 것 같아 아이는 소리까지 지른다. "달려, 바둑아! 애들아, 너희도 달려!" 따라온 동네 아이들이 힘없이 대답한다. "내 신발은 헌 신발이야! 산을 넘을 수 없어!" 헌 것은 힘이 떨어지고, 능력도 없는 것일까? 겉모양과 스펙으로 새 사람, 헌 사람을 확연히 구별 짓는 어른들이 생각난다.

〈새 신〉

윤석중 작사, 손대업 작곡

지혜로운 사람은 고난을 기회의 시간으로 만들고, 위기를 도약의 발판으로 삼는가 보다. 우리가 어릴 적 불렀던 수많은 동요들 대부분이 일제강점기 때나 해방 뒤 어수선하고 한 끼 먹고살기도 힘든 시절에 만들어졌으니 말이다. 지금 모든 것이 풍요로워져서 배도 안 고픈데, 어린이를 위한 노래도 활발하게 만들어지지 않고, 아이들도 부르지 않는다. 동요를 잃어버리고, 잊어버린 것 같다.

작곡자인 손대업은 1950년대 이후 대한민국 동요 창작에 있어 문학적 색채가 섞인 짙은 음악성을 표현하여 동요 발전에 큰 역할을 했다.

그런데 이제는 새 신을 신었다고 방안에서 저도 모르게 뛰기라도 한다면 불호령이 떨어지니 아이들은 아예 뛸 생각도 하지 않는다. 그냥 맨발로 편히 기대어 앉아 스마트폰에 복종한다. 아이들아, 우리 같이 동요를 부르자!

✱

언제나 같은 소리 똑딱똑딱
부지런히 일해요

〈시계〉

시계야, 우리 같이 걸어가자

지하철을 타면 대여섯 살 정도로 보이는 아이가 엄마와 함께 앉아 있는 모습을 종종 볼 수 있다. 어디 가는 걸까? 나의 어린 시절이 저절로 떠오른다. 엄마 손을 잡고 외출을 하게 되면 집을 나서는 순간부터 나는 한없이 종알거렸다. 참새도 나보다는 시끄럽게 지절대지 않았을 것이다. "엄마, 이 풀이름이 뭐야?", "엄마, 저기 쌀집 아저씨야!", "엄마, 버스는 왜 창문이 많아?", "엄마, 하늘에 구름이 왜 있어?" 그러다가 한 단어라도 아는 간판이 보이면 "엄마! 문방구!" 하며 소리쳤다. 그런데 지금 생각해도 신기한 것은 엄마가 나의 모든 질문에 답해주었다는 것이다. 고등교육을 받지 않은 엄마이지만 엄마는 나의 어떠한 질문에도 "몰라, 그런 거 묻지 마, 조용히 해, 나중에 아버지한테 물어 봐, 그런 건 몰라도 돼…"라는 말로 내 입을 막지 않았다.

그런데 요즘음 내가 지하철이나 버스에서 만나는 아이들은 너무 조용하다. 엄마도 조용하다. 너무 조용해서 얼핏 보면 다른 집 엄마랑 다른 집 아이가 앉아 있는 것 같다. 이 둘 사이에 불청객이 끼어들어서 그렇다. 그 불청객은 대부분 엄마에게 안겨 있다. 엄마들은 집안일로 못다 한 스마트폰과의 일을 처리하느라 그런지 참으로 열심히 스마트폰과 연애 열중이다. 이런 경우도 봤다. 엄마 앞가슴에 아기 포대에 둘려 있는 돌 정도 지난 아기가 엄마의 얼굴을 마주하려고 팔을 휘저으며 몸부림치고 있었다. 그러나 엄마는 스마트폰을 든 채 아기의 두 팔을 피해 이리저리 얼굴을 움직이며 눈길조차 주지 않았다.

아기는 너무 어려서인지 뭐라 말도 못 한 채 팔을 버둥거리며 바로 코앞에 있는 엄마를 찾지만 허사였다. 아기의 몸부림이 너무 안타까워 나는 벌떡 일어나 참견하려 했지만 참았다. 저 엄마에게 무슨 사연이 있겠지. 아무리 내가 아가를 걱정한다 해도 저 엄마의 억만분의 일이나 아가를 사랑하랴!

때로는 아이의 손에 스마트폰이 들려 있을 때도 있다. 그리고 엄마는 피곤한지 아예 잠을 잔다. 남의 아이들이지만 너무 사랑스러워 앙 물어주고 싶을 정도로 희고 작은 손으로 그들이 하는 것은 한 가지, 자기가 보고 싶은 프로그램을 찾아내는 것이다. 그 손가락 놀림이 얼마나 빠른지 마치 세계 게임 선수권대회 출전한 청년들처럼 보일 정도이다.

유아들이 이 정도이니 청소년들은 오죽하랴. 그들은 말을 하면서도, 먹고 마시면서도, 걷고 차에 오르면서도, 쉼 없이 빠르게 빠르게 눈동자와 손을 움직인다. 그러다 보니 말도 점점 짧아진다. 내가 학교나 도서관 강연장에서 만나는 학생들에게 질문을 던지면

문장으로 말하는 아이들은 거의 드물다. 예를 들면 이렇다.

─ 크로노스가 누구인지 설명해볼까요?

─ 제우스 아빠요.

─ 어떤 아버지라고 기억하나요? (나는 일부러 아버지라고 한다. 그래도 신화 속 존재 아닌가?)

─ 친아빠요.

─ 그 친아버지 어떠한 인물인가요?

─ 나쁜 아빠요. (학생은 끈질기게 아빠라고 한다.)

─ 왜 나쁜 아버지라고 생각하는지요?

─ 자기 자식들을 잡아먹어서요.

─ 왜 잡아먹었죠?

─ 자기만 왕이 되려고요.

─ 그럼 잡아먹히지 않은 자식은 누구이지요?

─ 제우스요.

─ 그럼 제우스의 아버지는 누구이죠?

─ 크로노스요.

─ 잘했어요. 그럼 이제까지 학생이 말한 것을 하나

나 두 개의 문장으로 만들어 볼래요?

－네에? (순간 학생의 얼굴은 팍 일그러진다.)

요즘 아이들이든 어른들이든 정보 사회 속에 살다 보니 모르는 게 없다. 그러나 그것을 내 것으로 만들어서 표현하는 힘(능력)이 부족하기 짝이 없다. 궁금해하거나 고민하거나 생각할 필요가 없다. 이 세상 온갖 것을 알려주고 대답해주는 스마트폰이 손안에 있지 않은가! 컴퓨터 앞까지 달려갈 필요도 없다. 바로 내 손에 있는 스마트폰이 요술램프 지니처럼 알려주니까.

이런 식으로 뭐든지 급하고, 빠르고, 서두르는 '안달(속을 태우며 조급하게 구는 일)'의 하루하루를 살고 있다. 그 '안달' 속에는 흥분, 불안, 짜증, 두려움, 긴장, 초조, 염려, 부정적 상상, 실망감과 패배감, 열등의식과 미움이 담겨 있다.

하지만 참으로 이상한 일이 있다. 내가 관심두지 않는 것에 대해서는 그것이 사람과 관계된 일이라 해도 철서하게 무반응한다는 점이다. 내가 알고 싶은 일이 아닐 때에는 주위에서 아무리 권유해도 차갑게 무관심으로 대응한다. 그리고 당장 내가 급하지 않은 일이라면 그 어떤 일 앞에서도 시간에 대한 개념을 무장해 제시키는 것이다.

그런데 온갖 편법과 현란한 수단으로 단번에 100미터, 때로는 500미터씩 달려가는 세상인데⋯ 시계처럼 결코 서두르지 않고 편법 쓰지 않으면서 한 발 한 발 변함없이 사는 것을 누군가는 선하다고 생각할까? 그래서 같이 가자고, 동행하자고 하는 사람들이 있을까?

남들은 어디서든 상황에 따라 목소리를 바꿀 줄 아는 재능을 익히고, 언제나 좌우로 갈지 자 그리며 누구에게도 미운 소리 안 듣는 기술을 연마하여 산도 넘고 강도 건너는데⋯ 시계처럼 언제나 같은 소리로 걸어가는 행보를 즐겁고 옳은 길 걸어간다고 인성할까? 그래서 합창하며 그 길 함께 가자고 어깨동무할 벗이 있을까?

내가 시계 소리를 인식하고부터 지금까지 제대로

그 소리에 경의를 표한 적이 없었다. 이제 나이가 들어가니, 시계는 소리 없이 가고 있음을 알았다. 세상은 시계의 소리마저 강제로 입막음할 정도로 너무 빠르다.

해시계, 불시계, 물시계처럼 최초의 시계는 자연이었다. 즉, 형태의 변화를 따라 시간을 측정했다. 그러나 언제나 불만족함에서 창조를 하는 인간의 속성상 시계는 새로운 모습으로 탄생했다. 인간이 만든 시계는 늘 움직이지만 놀랍게도 변하지 않는 움직임이다.

쉼 없이 움직이지만 결코 변하지 않는 것. 그것은 지상에서 시계 말고 또 무어가 있을까? 강물도 쉼 없이 흘러가며 변하고, 사람의 마음도 늘 움직이고, 그래서 변하는 데 말이다. 변하지 않는 것들이 절절하게 그리워지는 시절이다.

〈시계〉

작사 미상, 나운영 작곡

나운영은 1952년에 자신의 첫 번째 작곡집 《아흔아홉 양》을 출간했는데, 이 가곡집 후기에서 이렇게 말하였다. "8·15 이후 오늘날까지 걸어온 나 자신의 발자취를 회고하며 아울러 낭만에서의 탈피를 기약하는 이 초라한 가곡집이 조금이라도 민족음악 수립에 도움이 될까 하여 부끄럼을 무릅쓰고 감히 내놓는 바입니다."

나운영은 꾸준히 작품 활동을 하면서 동시에 음악다방이나 감상실에서 음악 감상회를 열었다. 그 자리에서 작곡가에 대한 소개뿐만 아니라 악곡을 직접 분석하여 주면서 많은 사람들이 클래식 음악을 분석하며 들을 수 있도록 하여 주었다.

나운영에게 있어서 음악다방은 연구실이자 음악 감상실이자 레슨실이었다. 또, 그는 이곳에서 새로운 음악을 듣고 연구하고, 자신의 작품을 구상하였으며, 제자들과 함께 음악을 듣고 제자들의 작품을 검토해 주었다고 한다.

✳

우리들은 어린 음악대
동네 안에 제일가지오

〈어린 음악대〉

어릴 적, 나는 언제 가슴이 뛰었을까?

어느 동네이건 모여 노는 아이들이 없다. 학교 공부가 끝난 시간에 아이들을 만나려면 학원부터 찾아가야 할 판이다. 귀가 따갑도록 떠들어도 좋으니 동네 골목이건, 가겟집 앞이건, 내 안방이건 아이들이 모여 노는 걸 바랄 정도이다.

어릴 적, 우리들은 스스로 놀이를 생각해냈다. 또는 맹모삼천지교에 나오는 아이들처럼 어른들을 흉내내어 놀았다. 저마다 가져온 줄넘기를 죽 이어 묶어서 긴 원을 만든다. 그런 다음에 가위바위보로 차례를

정해서 한 사람씩 그 원 안으로 들어간다. 금방 기차가 만들어지는 것이다. 우리들은 두 손으로 양옆의 줄넘기 줄을 잡고 발맞추어 천천히 달리기 시작한다. 맨 앞에 있는 사람이 기관사다. 그다음 아이가 차장이다. 차장은 자기 뒤로 타는 모든 아이들에게 기차비를 받는다.

– 어디까지 가세요?

– 부산이요.

– 그럼 백 원입니다.

– 너무 비싸요. 깎아주세요.

– 좋아요. 오십 원만 내세요.

– 고맙습니다.

아이는 차장 손에 차비를 올려놓는 시늉을 한다.

– 손님은 어디까지 가세요?

– 목포요.

– 오십 원 주세요.

– 기관사가 우리 형이니까 공짜로 태워주세요.

– 알았어요. 얼른 타세요.

생각해보면 지금이나 예전이나 아이들은 집에서 보고들은 대로 말하고, 사는 방법을 배우는 것 같다.

손님이 다 타면 우리는 노래한다. '기찻길 옆 오막살이 아기아기 잘도 잔다 … 코끼리 아저씨는 코가 손이래…'를 부르며 온 동네 구석구석을 달린다. 기관사를 맡은 아이가 중간 중간에 크게 소리친다. "여기는 대전, 대전입니다! 내리실 분 내리세요!" 물론 한 사람도 안 내린다. 오히려 길에서 만난 아이가 줄 안으로 들어온다. 그래서 가끔은 승객이 너무 많아 서로 밀리는 바람에 넘어져서 울고불고하는 일도 벌어진다.

'어린 음악대'도 그렇다. 기억이 생생하다. 학교에서 배운 노래가 입에 딱 맞아서 자꾸 부르다보니 우리는 노래 내용처럼 따라 했다. 아마 전국의 아이들이 한 번쯤은 어린이 음악대를 만들어 동네 행진을 했을 거다.

맨 앞줄에는 주로 남자아이들이 서서 나팔수를 맡는다. 아이들은 주먹 두 개를 이어 대어서 나팔 부는 시늉을 하며 따따따 따따따 소리를 크게 지른다. 그러면 뒤에 선 아이들이 고르고 골라서 주워 온 차돌을 심벌즈처럼 맞부딪히며 소리 내거나 작은북처럼 두드린다. 물론 입으로 쿵작작 쿵작작 소리도 낸다. 두 줄로 길게 늘어서서 행진을 한다. 기차놀이와는 달리 음악대 놀이를 할 때에는 언제나 같은 동요를 부른다. '어린 음악대'. 어린 마음에 스스로 너무 멋져서 지나가는 어른들이 칭찬해주면 좋을 텐데, 라고 생각하기도 한다.

하지만 우리가 행진할 때에는 어른들 대신 어린 구경꾼들만 지금의 골프 시합 때의 갤러리들처럼 따라다닌다. 구경꾼 아이들은 우리를 서커스단처럼 즐거운 눈으로 바라본다. 부러운지 슬그머니 우리들 맨 뒤에 붙어서 손나발을 불거나 손뼉을 치며 따라오기도 한다. 언니나 누나 등에 업힌 아기들도 울음을 멈추고 머리를 앞으로 길게 내민다. 그러다가 어른들이 지나면 모두 허리를 바로 세우고, 군인처럼 걸으며, 목소리는 애국가를 부르는 것처럼 크게 질렀다. 생각할

수록 민망한 일이지만 그때는 왜 그렇게 어른들에게
잘 보이고 싶어 했는지…. 하지만 예전 어른들은 아이
들에게 참 무덤덤했다. 어쩌다가 "와! 진짜 음악대 같
다. 멋있는데!"라고 말해주는 어른을 만나면 우리는
신이 나서 더 크게 소리를 낸다. 엄마가 부르러 올 때
까지 동네 행진을 멈추지 않는다.

〈어린 음악대〉

김성도 작사, 작곡

이 동요는 일제강점기인 1920년대에 만들어졌다. 이 시절에 발표된 동요들은 대부분 슬픈 정서를 담고 있어서 노래하다가 눈물을 흘릴 수밖에 없다. 동요이지만 외로움과 비관적인 서정성이 짙게 깔려 있는 게 대다수이다.

그러나 '어린 음악대'는 특별하다. 그 시대의 동요답지(?) 않다. 힘차고 진취적이며, 멀리서 듣게 되면 당장 밖으로 나가고 싶어지게 한다. 또, 두 손을 모아 북을 치거나 나팔을 불게 만든다. 이 힘찬 동요를 처음 들었을 때에 그 당시 어린이들의 마음은 얼마나 빠르고 신나게 뛰었을까? 저절로 즐거운 상상이 된다. 아이는 어른과 달리 무조건 앞으로 가야 한다.

✳

뒷문 밖에는 갈잎의 노래
엄마야 누나야 강변 살자

〈엄마야 누나야〉

집이 문제가 아니야

결핍은 풍성한 소망을 품게 한다. 이렇게 거창하게 말하지 않아도 사람들은 자기가 원하는 것을 직접 표현하기도 하지만 대부분은 자신도 모르는 사이에 드러낸다. 말과 어투, 몸짓과 옷차림, SNS 속의 글과 사진, 웃음과 눈물, 그림과 노래 등등 다양한 경로를 통해 숨기지 못한다.

늦잠 자는 아이의 침대 벽에는 '일찍 일어나자', '1시간 더 일찍 일어나면 내 인생도 1시간 더 성공!'이라는 글이 적힌 종이가 붙어 있다. 다이어트하는 사람은

'과자와 빵과 모든 밀가루는 내 인생 원수!', '굶는 만큼 신분 상승 지수 높아진다!'라고 써 붙인다. 이런 의미에서 아이들이 가장 많이 벽에 붙이는 문구는 역시 성적에 대한 것이다. '3년만 공부 기계로 살면 30년을 놀고먹을 수 있다', '엄마가 보고 있다. 졸지 마!' 이렇게 자신에게 가장 부족한 것을 인생 표어로 삼기도 한다.

나는 어릴 때에는 '엄마야 누나야'라는 동요가 그림처럼 아름다워서 그냥 좋아했다. 일곱 식구가 단칸방에서 살고 있으니 강가에 우리 집이 한 채 있다는 게 얼마나 부러웠는지 모른다. 그래서 엄마야 누나야, 라는 말에는 전혀 신경도 쓰지 않았다. 오로지 앞마당은 모래밭이 햇빛을 받아 금가루처럼 눈부시게 반짝이고, 뒷문으로 나가면 온갖 나무와 꽃들이 있는 천국 같은 집을 상상했다. 그런 집에서 동생들과 각각 방한 칸씩을 따로 사용하고, 내가 좋아하는 강아지랑 오리랑 펭귄도 키우면 얼마나 행복할까. 이런 마음에 나는 때로는 구슬픈 목소리로, 때로는 희망 넘치는 높은 소리로 노래를 불렀다.

그런데 참 재미있게도 그때에는 남진의 '저 푸른 초원 위에 그림 같은 집을 짓고'라는 노래가 대유행을 하고 있었다. 나는 그 노래를 들으며 마음이 흔들렸다. 이 집도 참 좋다! 초록색 풀밭 위에 집이 있다는 건 그림책에서 본 왕궁인데… 어떤 집에서 사는 게 좋을까? 강가에 있는 집? 풀밭에 있는 집? 나는 별 희한한 걱정을 하느라 머리가 아팠다.

결국 동생들을 방안에 불러 모은 다음 물었다.

– 만약에 하나님이 우리에게 두 개의 집을 주신다면 어떤 집에 살래?

– 무슨 무슨 집인데?

동생들은 정말 집이 생기는 줄 알고 모두 내 앞으로 바짝 다가앉았다.

– 한 집은 깨끗하고 반짝반짝 빛나는 모래밭이 넓은 강가에 있는 집이야. 그 집 뒤에는 예쁜 꽃들이 많아. 앞마당이 넓어서 강아지랑 오리도 키울 수 있어. 그리고 또 한 집은 넓고 푸른 풀밭 위에 그림처럼 예쁜

집이야. 너희들 신데렐라 그림책에서 본 그런 왕궁 같은 집이야.

나는 마치 사기 부동산 업자처럼, 본 적도 없고 있지도 않은 집을 한참 동안 설명했다. 동생들은 저희들끼리 이리저리 이야기를 나누더니 대답했다.

ㅡ큰언니(큰누나), 그냥 우리집에서 살래!

지금도 그때 일을 생각하면 얼굴이 뜨뜻해진다. 철없이 동생들에게 그런 질문을 한 탓만이 아니다. 고등학생이 되어 김소월에 대해 조금 알게 되어서였다. 내가 고등학생일 때만 해도 인터넷은 물론 도서관도 거의 찾기 힘들어서 김소월에 대해 자세히 알 수는 없었다. 그러나 그의 비참한 가정생활과 그보다 더 참담한 그의 마지막 길을 알고 났을 때, 나는 울었다. 정말 울었다. 여고생의 순진함이었는지 모르지만. 소월은 갈망하고 갈망했던 것이다. 마지막까지 아버지를 용서하기 힘들었던 그는 어머니와 억울하게 하늘나라로 간 누이와 셋이서 아무도 모르는 강가 집에서 살고 싶었던 것이다. 그는 집이 필요한 게 아니라 가정을 간

절히 소망했던 것 같다. 지금, 우리들과 같은 모습이다. 길거리 삶이 아니라면 전세든 월세든 내 집이든 고시방이든 밤에 돌아갈 집은 있다. 그런데 그 집 안에 가정이 있는 사람이 점점 줄어가고 있다. 집이 문제가 아니다.

〈엄마야 누나야〉

김소월 작사, 김광수 작곡

1922년 《개벽》 1월호에 발표된 김소월의 시 '엄마야 누나야'는 1925년에 발간된 그의 시집 《진달래꽃》에 수록되었다. 평안북도 구성에서 태어난 그의 이름은 보통 사내아이들 이름인 김정식이다. 그러나 스스로 소월(하얀 달)이라 필명을 지은 걸 보면 그의 시에 담긴 한과 정서가 절로 이해된다.

그는 아버지와 누이의 죽음, 그리고 맺지 못한 사랑, 질병과 지독한 가난으로 겨우 32세에 그토록 원하던 강변의 집으로 갔다. '진달래꽃', '산유화', '먼 후일', '초혼' 등 그의 시는 대부분 우리들이 노래로 부르고 있다. 평생 시 한 편 안 읽은 사람이라도 그의 시를 노래하고 있는 것이다.

✳

시냇물은 졸졸졸졸 고기들은 왔다갔다
버들가지 한들한들 꾀꼬리는 꾀꼴꾀꼴

〈여름 냇가〉

시냇가에서 누구를 만나고 무엇을 보았니?

평생 서울에서만 사는 나에게 이 노래는 판타지이다. 지금과 달리 어릴 적 서울에서 만난 시냇물에 대한 기억은 아름답지도 않고, 그리워할 것도 없다. 시냇물보다는 청계천, 중랑천으로 불리던 흙탕물의 장면이 생생하다. 그리고 물에 대한 또 하나의 장면은 어릴 적 행당동에 살 때이다. 큰비가 내려 서울도 홍수가 났는데, 어른들이 물 구경 간다며 언덕 위로 급하게 올라가는 걸 보고 따라갔었다. 사람들은 "어이구, 저를 어째….", "세상에 저거 다 아까워서 어떡

해….”하며 탄식하면서도 흥미로운 표정으로 누런 흙 탕물이 빠르게 흘러내려가는 것을 바라보았다.

그리 넓지 않은 언덕 위는 애 어른들로 발 디딜 틈조차 없었다. 나는 세찬 물줄기를 보며 공포감에 휩싸였다. 장롱 문짝, 책상, 솥단지와 부엌살림들, 통째로 뽑힌 나무와 나뭇가지들, 그리고 다음 장면은 지금 생각해도 마음이 아프다. 돼지였다! 흙탕물을 타고 나뭇가지처럼 둥둥 떠내려가고 있는 돼지 한 마리. 그 돼지는 얼굴을 하늘로 향하고 있었다.

아이들은 소리쳤다. “돼지야! 헤엄 쳐서 나와!”, “돼지야! 죽지 마!” 어른들은 한숨을 내쉬었다. “저 돼지는 무슨 팔자가 저래?” 이 사건 뒤로 나는 흐르는 물에 대한 두려움이 생겼다. 수십 년이 지난 지금도 강가나 바닷가 앞에 서면 속이 울렁거린다. 그런데 학교에서 배운 동요 중 하나가 ‘여름 냇가’라니!

나는 선생님의 풍금 소리에 맞춰 노래하면서도 고민했다. 동요 속 시냇물에는 물고기들이 놀이를 하듯 요리조리 움직이는 모습이 훤히 보인다. 얼마나 맑으면 물고기들의 장난치는 모습이 보일까? 물고기들이 벙긋벙긋 웃으며 노는 시내. 돼지를 지옥으로 강제로 끌고 가는 듯한 무서운 홍수가 아닌 물고기들을 살살 어루만져 주는 다정한 시내. 그리고 시내를 향해 모든 가지를 늘어뜨린 버드나무와 둥글게 휘어진 그 가지 위에 앉아 노래하는 꾀꼬리들.

판타지 같은 동요. 그런데 어느 날, 거리에서 나누어 준 교회 전도지에 이 노래와 너무도 비슷한 풍경이 그려진 것을 보았다. 맑고 투명한 시냇물과 연한 초록빛의 넓은 풀밭. 두 어린아이가 초록 잎이 무성한 나무 아래에 앉아 한 마리의 아기 양과 놀고 있었다. 나무줄기에 모여든 작은 새들은 앙증맞게 부리를 쪼옥 쪼옥 벌리고 노래를 하고 있었다. 그리고 시내에 발을 담근 채 물장난을 하는 또 다른 두 아이와 물속에서 얼굴을 내밀고 인사하는 물고기들.

손바닥만 한 종이에 천국이 그려진 것 같았다. 이 모든 작고 사랑스러운 생명들 곁을 이가 얼굴을 한 천사

셋이 공중에서 날아다니며 지켜주고 있었기 때문이다. 세 천사는 어린 생명들을 보호해주며, 어떠한 무섭고 두려운 힘들이 그림자조차 드리울 수 없게 하려고 두 눈을 크게 뜨고 있었다. 맑은 시내, 어린아이들, 초록 잎의 나무와 풀밭, 작은 새들, 아기 양, 물고기들. 세상에서 이처럼 어리고 악의 없는 존재들을 쉽게 만날 수 있을까!!

우리는 시내라는 이름조차 잊어버린 채 아침마다 집을 나선다. 빨간불 신호등이지만 눈치 보며 휘익 건넌다. 그래도 동네에서만 이렇게 하는 것이라고 스스로를 위로하며 일터로 달려간다. 저마다의 작업장 안에서, 자동차 안에서 온종일 숨 쉬고 일하고 다시 숨 쉬고 일하다가 또 땅 위로, 땅 밑으로 달리고 달려 집으로 온다. 그러다 보니 시냇가에 갈 일도 없고, 시내를 본 적도 없다. 이뿐인가. 설령 시내가 동네에 있어도 아니 현관문 앞에 있다 해도 두 발을 담글 여유가 없다. 모두 스마트폰을 경배하며 살기에.

〈여름 냇가〉

이태선 작사, 박재훈 작곡

한국 동요의 대부라 할 수 있는 작곡가 박재훈은 일제강점기 때부터 어린이를 위한 노래를 만들었다. 그가 일평생 지은 1천5백 곡이 넘는 동요 중 한 곡이라도 부르지 않고 자란 대한민국 사람은 거의 없을 것이다. 그는 또, 그 유명한 '눈을 들어 하늘 보라', '지금까지 지내온 것' 등의 찬송가도 작곡했다.

그가 이렇게 동요에 힘을 쏟은 큰 이유가 있다. 해방 뒤, 그는 평안남도 강서군 초등학교 교사로 일했는데, 그 당시 아이들이 부르던 노래는 거의 일본군 군가였다고 한다. 해방이 됐는데도 말이다. 그래서 사흘간 식음을 전폐하며 50곡을 작곡한 것은 너무도 유명한 일화이다. 그는 인생의 후반부에서는 자신이 40여 년에 걸쳐 작곡한 곡들로 채운 3·1운동 100주년 기념 오페라 '함성 1919'를 무대에 올리기도 했다.

＊

우리 오빠 말 타고 서울 가시며
비단 구두 사가지고 오신다더니

〈오빠 생각〉

왜 모두 울어야 하나?

동생 넷인 나는 언니나 오빠라는 말만 들어도 금방 가슴 한쪽이 아릿해진다. 기대고 싶은 마음이 커서일 것이다. 그래서 '우리 언니가…', '우리 오빠는…' 하고 말하는 친구들을 얼마나 부러워했는지 모른다. 아니, 인생 한참 산 나이가 된 지금도 그렇다. 하지만 언니 자랑을 하거나 언니의 선행에 대해 들려준 친구들은 거의 없고, 되레 이런 푸념을 종종 들었다. 물론 어렸을 때였다. "우리 언니가 내 옷을 나 몰래 입고 종일 돌아다니다가 지저분한 것을 묻혀 와서는 몰래 둔 것을 내가 발견했어. 그래서 내가 뭐라고 하니까 오히려 화를 내는 거야. 버릇없이 언니한테 대든다고! 기가 막혀서! 언니가 아니라 아주 웬수야, 웬수! 그런 언니는 차라리 없는 게 좋아! 내가 언니였다면 나는 천사처럼 착했을 거야. 우리 엄마 말처럼 시집가서 딱 언니 같은 딸 낳아서 고생 좀 했으면 좋겠어!"

오빠가 있는 친구들도 마찬가지였다. 만날 심부름만 시킨다, 괜히 화를 낸다, 엄마 몰래 담배 사 오라고 한다, 하며 흉을 봤다. 그래서 나는 이런 이야기를 모티브로 삼아《우리 오빠 좀 때려주세요》라는 동화책을 내기도 했다.

친구들이 언니나 오빠의 악행(?)에 대해서 무슨 말을 해도 나는 부러웠다. 그래서인지 '오빠 생각'이라는 동요의 내용이 이해는 잘 되지 않았지만 자주 불렀다. 오빠가 밀 타고 서울 갈 성노이면 조선시대? 그리고 동네가 얼마나 시골이면 신발 사러 서울까지 갈까? 고개를 갸웃하면서도 나를 위해 예쁜 비단 구두를 사오는 오빠가 있다는 게 참 부러웠다. 그런 오빠가 한

명만이라도 있으면 세상 무섭고 두려울 게 없을 거라고 생각했다.

나는 학년이 올라갈수록 성적이 느는 게 아니라 동생이 늘어나는 게 이상했다. 왜 나는 이 세상에 언니, 그것도 큰언니로 태어났을까? 그래서 나라는 정체성은 언제나 큰언니에서 출발되었다. 그렇다고 큰언니만이 누릴 수 있는 혜택이나 보상이 있는 것도 아닌데. 그러던 어느 날, 우연히 이 동요의 2절 가사를 알면서, 오빠에 대한 환상에서 벗어나게 되었다고나 할까? 그동안 1절만 불러서 오빠와 여동생의 슬픔을 몰랐던 것이다. 나는 2절을 불러보았다. 순간, 한 편의 단막극처럼 장면 장면이 떠올랐다.

—오빠는 분명히 뜸북새가 울고 뻐꾹새가 노래하는 봄날에 서울로 갔다. 동생은 오빠랑 잠시 떨어지는 게 슬펐지만 동네에서 제일 부잣집 외동딸만 신는 비단 구두를 생각하며 눈물을 참았다. 그리고 어느 날부터인가 뻐꾸기 소리가 들리지 않고, 여름 소낙비가 내리며 무서운 천둥 번개가 사주 내리쳤다. 무지개가 뜨면

비단 구두를 생각하며 마을 밖까지 뛰어갔다. 아이들을 따라 수박 서리, 참외 서리 하러 밤길을 다닐 때도 밭 주인 발자국 소리보다 오빠의 말발굽 소리를 찾아 귀를 기울였다.

그런데 이게 뭐지? 기러기들이 북쪽 하늘에서 날아오는 거야. 그리고 오빠 생각에 엄마 몰래 울 때 귀뚜라미들도 같이 우는 거야. 오빠가 서울에 갈 때는 밤빛이 다스했는데, 이제는 한낮의 햇살도 서늘해. 오빠의 말발굽 소리보다 우수수 떨어지는 나뭇잎 소리가 더 크게 들려. 어느 날부터는 어둠 속에서 귀뚜라미 울음소리 사이사이로 엄마의 눈물 소리도 들리기 시작했어. 엄마, 왜 울어? 라고 묻지 못했지. 왜냐하면 나도 내가 왜 우는지 알 수 없으니까. 비단 구두가 얼른 신고 싶어서? 오빠가 보고 싶어서? 아니면 불길한 생각이 들어서? 너는 알았어. 엄마도 내 울음소리를 듣고 있다는 것을. 그런데 오빠는 왜 아니 오는 걸까? 오빠도 지금 이 가을밤에 어디서 남몰래 울고 있는 것은 아닐까?

〈오빠 생각〉

최순애 작사, 박태준 작곡

이 동요의 작사자인 최순애는 아동문학가 이원수의 아내이다. 그녀는 실제로 헤어진 오빠를 생각하며 이 동요를 쓴 것이다. 그때가 열두 살 때인 1925년인데, 동시 '오빠 생각'을 써서 《어린이》라는 잡지에 투고해 입선하였다.

그런데 그녀의 오빠는 안타깝게도 부일 반민족행위를 한 것으로 알려진 아동문학가 겸 언론인인 최신복이다. 부일 문학(일제 강점기에 일제의 황국 신민화 사업에 협력한 작가들이 쓴 친일 어용적인 문학)을 한 사람인 것이다.

그러나 어린 여동생 최순애에게는 그저 믿음직한 오빠였을 것이다. 최순애는 친구들에게 '우리 오빠는…' 하며 무어라 얘기했을지 궁금해진다.

✳

우리 아기 불고 노는 하모니카는
옥수수를 가지고서 만들었어요

⟨옥수수 하모니카⟩

아버지는 행복하셨을 거야

어릴 때 젓가락질을 제대로 배우지 못하면 평생 보기에도 우스꽝스러운 젓가락질을 하게 된다. 양말 벗어서 아무 데나 던져 놓던 아이는 나중에 아내에게 질리도록 야단맞으면서도 그 버릇이 안 고쳐진다. 샤워할 때에 처음에 머리부터 감은 사람은 자기도 모르는 사이에 평생 세안하기 전에 샴푸를 한다.

나만 해도 옥수수를 손에 들면 어릴 적 버릇대로 재빠르게 손가락과 입을 움직인다. 그리고 아래로 아래로 한 줄씩 길을 내며 먹는다. 순전히 어린 시절 옥수수를 먹을 때 생긴 버릇이다. 어린 우리들과 옥수수를 먹을 때에 엄마가 그러셨다. 엄마는 단 두 줄을 남기고 그것으로 하모니카 부는 흉내를 내셨다. '학교 종이 땡땡땡', '엄마 앞에서 짝짜꿍', '송아지 송아지 얼룩송아지' 등 엄마의 하모니카에서는 모든 노래가 흘러나왔다.

우리도 엄마를 따라 했지만 어려서인지 딱 두 줄만 길게 남긴 옥수수 하모니카를 잘 만들지 못했다. 많은 옥수수를 희생시키는 시행착오를 거친 다음에 우리는 옥수수 하모니카 만들기의 장인이 되었다. 그리고 연주했다, 엄마처럼! 학교에서 배운 음악책 속 노래는 다 불렀다. 오 남매의 옥수수 하모니카 연주단이 탄생한 것이다. 오 남매는 어른이 된 지금도 가끔 옥수수 하모니카를 만든다.

내가 중학생이 된, 3월 어느 날, 아버지가 진짜 하모니카 한 대를 사 오셨다. 하모니카를 잘 부는 아버지는 며칠 동안 우리에게 하모니카 부는 법을 가르쳐주셨다. 우리는 하나의 하모니카에 서로의 침을 범벅으로 묻히며 열심히 따라 했다. 그러나 우리들 중에 수제자는 단 한 명도 나오지 않고 그나마 내가 동요를 부르는 정도가 되어서 아버지를 덜 실망시켜드렸다. 그 바람에 하모니카는 아버지의 책상 서랍 속에 들어갔다. 대신 아버지가 가끔씩 하모니카를 부셨다.

이제 아버지는 내 곁에 없는데 어느 날, 문득 내가 엄마와 아버지와 똑같이 하고 있음을 스스로 알고 피식 웃었다. 여섯 살짜리 조카와 옥수수를 먹는데, 나는 예전에 엄마가 그랬던 것처럼 옥수수 알 두 줄을 길게 남겨 놓았다. 그리고 조카에게 자랑했다. "채원아, 이게 옥수수 하모니카야. 여기서 소리가 나! 고모가 불어볼게. 무슨 노래 불러줄까?" 나는 옥수수의 두 줄 한가운데에 입을 대고 불 준비를 했다. '나비야 나비야 이리 날아오너라', '곰 세 마리가 한 집에 있네', 뭐 이런 노래가 나오겠지. 나는 자신만만한 얼굴로 조카의 답을 기다렸다.

조카는 "정말이야? 음…" 하더니 "'알라딘' 주제가"라고 크게 말했다. 그리고 나를 빤히 쳐다보며 소리가 나오길 기다렸다. 나는 당황했다. 그게 무슨 노래인지 모르는데. 나는 창피당하지 않으려고 "내가 영화를 안 봐서 모르겠는데. 그냥 동요 제목을 말해 봐"라고 둘러댔다. 조카는 친절했다. 내 부탁에 쉬지 않고 답했다.

– "치링치링 치리링."

– "그거 모르는 노랜데…."

– "그럼 두 번째로 나온 '겨울왕국' 주제가."

– "그것도 모르는데…."

– "그럼 처음 나왔던 '겨울왕국' 주제가."

– "그것도 모르는데…."

마침내 조카는 나에게 엉뚱한 제안을 했다. "고모 핸드폰 좀 줘 봐. 내가 유튜브에서 다 찾아줄게. 그거 들으면 돼!"

아버지 생각이 났다. 그래도 우리 아버지는 행복하셨겠구나. 우리가 제대로 배우지는 못해도 빙 둘러앉아서 아버지의 하모니카에 귀를 기울였으니!

가난하고 늘 배가 고프던 시절. 그런데도 언제나 가족이 함께 있는 시간이 많았던 그 시절. 없으면 만들면 되는 신비한 시절이기도 했다. 물론 다 그런 것은 아니었지만! 달력 뒷면에 피아노 건반을 그려서 동생들과 피아노 치는 놀이를 했다. 그것은 마치 소꿉장난을 하는데 고춧가루가 없어서 발간 벽돌 조각을 주워다가 빻아서 만드는 것과 같았다.

배가 아주 고프지만 않으면 결핍을 그리 느끼지 못했다. 다들 고만고만하게 사는 집들이라 가난을 가난으로 못 느낀 채 이 세상 사람은 다 그렇게 사는 줄 알았다. 여름날, 옥수수 하모니카는 하루만 먹지 않고 그대로 두면 쉬어서 버려야 한다. 즉, 하루살이 하모니카인 셈이다. 그러나 그 하루의 기쁨이 평생토록 나를 다정하게 감싸니, 이것이야말로 축복이다!

〈옥수수 하모니카〉

윤석중 작사, 홍난파 작곡

홍난파의 아버지는 미국 장로교 목사인 언더우드가 설립한 새문안교회에서 세례를 받았고, 언더우드와 아펜젤러를 비롯한 외국 선교사의 한글 성서 번역 작업에 참가하였으며, 언더우드의 조선어 선생이기도 하였다.

1898년에 태어난 홍난파는 아버지의 영향으로 어릴 때부터 새문안교회에 다니면서 교회음악과 서양음악의 세계에 입문하였다. 그리고 1912년 우리나라 최초의 전문 음악기관인 '조선정악전습소'의 성악과에 입학하여 음악 공부를 본격적으로 했으며, 졸업하자마자, 바로 그해인 1913년에 조선정악전습소의 서양악부 기악과에 들어가 바이올린을 배웠다. 그리고 자신이 졸업한 학교의 서양음악부 교사가 되었다.

그는 세브란스 의학교에 입학하여 의학 공부도 하였지만 음악으로 뜻을 굳히고 일본에서 다시 한번 음악공부를 마쳤다. 그리고 1922년에는 전문적인 음악연구기관인 '연악회'를 창설하고, 우리나라 최초의 음악잡지인《음악계》를 발행하였다.

✳

뒷다리가 쑥 앞다리가 쑥
팔딱팔딱 개구리 됐네

〈올챙이와 개구리〉

내 앞다리, 뒷다리가 얼마나 소중한데!

　어느 토요일 오후, 결혼식장에 다녀오느라 충무로 역에서 집으로 가는 지하철을 기다리고 있었다. 막 열차가 떠나간 뒤라 남아 있는 굉음과 안내 방송으로 어수선했다. 의자에 앉은 나는 눈을 감았다. 거북한 소리를 차단하는 나만의 임시 처방전이다. 그런데 이 모든 불쾌한 소리들을 시원하게 날려버리는 소리가 들렸다. 저마다 50년은 넘은 세월의 무게를 적당히 담은 외양의 다섯 여인들의 수다와 호쾌한 웃음소리. 빙 둘러선 그들의 주제는 '모자'였다.

A: 와, 모자 예쁘다. 어디서 샀어?

B: 백화점! 있어 보이지? 이거 사려고 두 시간을 돌아다녔지.

C: 뭐 백화점? 그럼 엄청 비싸겠네! 이리 좀 줘 봐. 나 좀 써 보자. 어때? 내가 쓰니까 모자가 더 사는 것 같지 않아?

D: 너(B를 가리키는 것이다), 옛날 생각난다. 그때 멋낸다고 노란 모자 쓰고 왔잖아. 지금 생각하면 완전 촌스러웠지.

E: 나도 이 모자 사야지. 아까부터 좀 달라 보인다 했더니 모자빨이구나! 너, 다른 데 가서는 그 모자 벗지 마. 네 진실이 드러나니까, 호호호!

여인들의 수다에 나뿐 아니라 주위에 있던 사람들의 눈길이 그 의문의 모자에 모였다. '도대체 얼마나 대단한 모자이길래?' 하는 심정 같았다. 내 눈에는 그저 그런 디자인과 색깔의 모자였다. 하지만 지하철이 달려오는 동안에도 그들의 모자 찬양은 멈추지 않았다.

그날 저녁, 나는 우연히도 인터넷을 통해 '두 마리 짱뚱어의 영역 다툼'의 장면을 포착한 사진을 보게 되었다. 갯벌에서 짱뚱어 두 마리가 입을 찢어질 듯 벌리고, 가뜩이나 튀어나온 두 눈을 더 크게 왕왕 굴리며 혈투를 치르고 있었다. 짱뚱어들이 혈투를 벌이는 갯벌은 꽃밭이나 깨끗한 물이 흐르는 곳이 아니다. 집도 세울 수 없고, 연인과 나란히 앉을 수도 없다. 그리고 싸움에서 승리한 짱뚱어가 차지하여 누릴 수 있는 면적도 잘해야 라면 박스 크기 정도? 또, 거기서 천수를 누리는 것도 아니다. 고작 일 년 정도 살 수 있지만, 그것도 인간에게 잡히지 않는다는 보장이 있어야 한다. 그런데도 서로를 죽이거나 불구를 만들어서라도 영역 혈투를 벌인다.

짱뚱어들의 사진을 보는데, 지하철에서의 모자가 생각났다. 그 모자는 질투와 나도 갖고 싶다는 욕망을 불러일으키는 유혹의 손짓일 수 있다. 그래서 돈이 있으면 그보다 더 값비싼 모자를 사서 어느 날, 머리에

쓰고 모임에 나타날 것이다. 올챙이가 개구리로 변신하듯이. 그리하여 친구의 기를 누르고, 자기가 여왕의 기쁨을 누릴 것이다. 그리고 여유가 없어 모자를 구입하지 못한 여인은 초라함과 자기연민에 괴로워하다가 당분간 모임에 참석하지 않을 수 있다. 짱뚱어라고 다르지 않다. 우리의 눈으로 볼 때 거저 줘도 살 수도 없는 그 진흙탕 속에서 기껏 일 년밖에 살 수 없는데 영역을 위해 죽고 죽인다.

올챙이 노래는 개구리로 끝난다. 앞다리, 뒷다리가 생겨서 신이 난 올챙이라고 해야 하나, 개구리라고 불러야 하나? 그 개구리는 더 멋진 변화를 꿈꾸는 것은 아닐까? 악어처럼 힘찬 꼬리가 있기를, 뱀처럼 길고 긴 늘씬한 몸매가 되기를! 그러나 개구리는 더 멋진 모자를 원하지 않고, 더 넓은 진흙당을 담내지 않아야 제 머리를 보호할 수 있고, 자기의 일상이 흙탕물처럼 혼란스러워지지 않을 것이다. 그런데 개구리가 된 올챙이 중에 욕심 많은 애들이 종종 있다. 그래서 악어나 하마가 되려고 친구의 모자를 탐내고, 남의 진흙탕을 흘깃한다. 자신의 앞다리, 뒷다리가 모자보다, 진흙땅보다 얼마나 소중한지 모른 채.

〈올챙이와 개구리〉

윤현진 작사, 작곡

이 동요는 1991년, 가정주부인 윤현진 씨가 작사, 작곡했다.
처음에는 널리 알려지지 않은 채 일부 유치원에서만 불렸다.
그러나 아이들의 통통 튀는 동작이 더해져 빠른 속도로 불리
며 큰 사랑을 받았다.

두 손을 모으고 꼬물꼬물 올챙이를 표현하다가 후반부에서 역
동 찬 개구리의 성장 모습이 펼쳐지면서 아이들이 극적인 변
화의 맛을 보게 되는 노래이다. 노래의 인기 덕분에 광고 음악
이나 선거 홍보 노래 등등에서 다양하게 가사를 바꾸어 부르
기도 했다.

＊

깊은 산속 옹달샘 누가 와서 먹나요
맑고 맑은 옹달샘 누가 와서 먹나요

〈옹달샘〉

나의 옹달샘은 무엇일까?

　'작고 오목한 샘', 국어사전에 나온 옹달샘의 설명이다. 너무도 단순하다. 그것은 옹달샘의 소박함과 조용함과 닮은 듯하다. 상상해보면 예전에는 산속마다 여기저기 옹달샘이 많았을 것 같다. 그곳을 찾는 손님은 동요 속 이야기처럼 다양했을 테고.

　토끼, 사슴과 노루, 멧돼지와 들쥐들, 다람쥐와 새들, 오소리와 너구리 때로는 여우와 늑대까지. 물론 사람을 빼놓을 수는 없을 것이다. 동물에 대해서 잘 모르는 나는 옹달샘에 나비와 잠자리, 벌과 개미들도 오지 않았을까, 라는 짐작도 해본다. 그 모든 살아있는 것들이 옹달샘 물을 마신다 해서 옹달샘이 마르지는 않는다. 심한 가뭄이나 매서운 추위가 있기 전에는 옹달샘에는 언제나 산속 특유의 서늘한 기운을 품은 시원한 물이 있다. 대단한 물줄기가 아닌데도 옹달샘은 온갖 생명들에게 생명을 전해주는 것이다.

우리의 삶에도 이런 것들이 있다. 내가 생각해도 하찮고 남 보기에도 하찮은 것들, 사실 그런 것들 속에 옹달샘 역할을 해주는 것들이 의외로 많다. 나에게는 길이 5센티미터도 안 되는 작은 하모니카가 있다. 15년 전쯤, 클래식 관련 책을 구입할 때 사은품으로 받은 것이다. 이 작은 하모니카는 번쩍번쩍 빛나는 하모니카에 비하면 하찮기 그지없다. 악기라고 할 수도 없을지 모른다. 그러나 나는 외로움이 들거나 사람의 일로 마음이 갈라질 때 조용히 하모니카를 분다. 작고 작아서 아픈 마음, 떨리는 입술에는 제격이다. 유명한 노래를 부르지는 못하고 그저 동요 정도 부르지만 기도하는 마음이 된다.

그러다 보면 눈물방울이 흘러 작은 하모니카를 적신다. 이제 이 하모니카는 소리도 잘 안 나지만 나는 버릴 수 없다. 가끔씩 산에 오르는 사람이 자기만 아는 옹달샘을 찾아가듯이 나도 가끔씩 서랍에서 하모니카를 꺼낸다. 그 사람이 두 손을 모아 옹달샘 물을 퍼서 마시고 갈증을 달래듯이 나도 뻑뻑 음계가 잘 맞지 않는 소리가 나는 하모니카를 불 때에 세상 갈증이 천천히 풀어진다.

또 하나의 옹달샘은 사람들이 다이어리라고 말하는 수첩이다. 해마다 나는 수첩계의 전통을 자랑하는 한 회사의 수첩을 산다. 수첩에 일기를 쓰기는 하지만 나만의 기록하는 방법이 있다. 볼펜으로 일정이나 여러 가지 사항을 쓰고 언제나 색연필로 색칠을 한다. 일 년이 마무리되는 날에 되돌아 펼쳐보면 한 권의 그림책처럼 아름답다. 노랑, 연두, 초록, 주황, 분홍, 파랑, 보라… 열두 가지 색연필로 칠하고 특정 표시를 한 365일의 기록.

그 안에는 뜻밖의 기쁜 선물, 예상치 못한 서글픈 충

돌, 황당했던 사건, 생각만 해도 얼굴이 뜨뜻해지는 부끄러운 순간, 분노가 치밀어 올랐지만 용케 참아낸 자국, 나 스스로를 꼭 안아주고 싶을 만큼 다정한 자취, 아! 하면서 기회를 놓친 안타까운 흔적 등등 온갖 일상과 삶의 기록이 열두 가지 빛깔로 남겨져 있다. 나는 매일 매일 그 수첩을 나의 색깔로 채우며 하루를 버티고, 사흘을 넘기며, 365일을 이겨낸 것이다.

어디 물건뿐이랴. 사람도 그렇다. 폭포처럼 요란한 스펙을 자랑하지 않고, 강물처럼 폼 나는 조건을 갖추지 않은 사람. 정원의 분수처럼 누가 봐도 아름답다고 탐내는 배경을 갖추지 않은 사람. 수돗물처럼 부족한 것 없이 언제나 콸콸콸 막힘없이 자기가 하고 싶은 것을 할 수 있는 능력자가 아닌 사람. 이런 사람이 '작고 오목한 샘' 같은 옹달샘 친구일 것이다.

세수하러 온 토끼가 왜 물만 마시고 갔는지? 달밤에 왜 노루
는 잠자지 않고 숨바꼭질을 하는지? 이 비밀은 아직도 우리
어린이들에게 풀리지 않는 수수께끼이다. 그런데 이 동요는
원래 독일의 '저 아랫동네'라는 민요라고 한다. 내용은 대략
이러하다. 말인즉, '저 아랫동네는 언덕에는 자두나무가, 평지
에는 포도나무가 있는 멋진 동네라서 살고 싶어요. 그런데 부
자인 윗동네는 늘 춥고, 가난한 아랫동네는 따뜻해요. 가난하
지만 정말 자유롭고 서로 사랑하고 살지요….'

우리가 부르는 옹달샘과는 너무도 다른 이야기이다. 그러나
그건 중요하지 않다. 씻기 싫어하는 아이들이 토끼가 세수 안
하고 물만 먹은 것 때문에 자기들이 혼난다고 한다. "네가 토
끼야? 왜 안 씻어?"라고.

✳

따르릉 따르릉 비켜나세요
자전거가 나갑니다 따르르르릉

〈자전거〉

자전거는 참 착한 사람 같아

내가 사는 일산은 이름처럼 산이 하나 있다고 해도 뭐라 시비 걸 사람이 없을 만큼 펀펀한 마을이다. 그래서 어린이들과 유모차 미는 엄마들이 생활하기에 알맞다. 시민들 역시 이러한 지형을 마음껏 누리며 사는데, 그중 하나가 자전거 타기이다.

그럴듯한 외관을 자랑하는 자전거부터 일명 아줌마 자전거라는 것까지 일산은 자전거를 타고 즐기기에 부족함 없는 동네이다. 나도 3년 동안 날마다 두 시간씩 자전거를 탔다. 혼자서 자전거 타는 법을 익히고 나서, 앞에 시장바구니가 달린 자전거로 백석동에서부터 대화역까지 한 바퀴를 둥글게 빙 돌고 나면 몸과 마음의 상쾌함은 글 작업에 큰 도움이 되었다. 그런데 신기한 것은 자전거 타는 법이 서툴렀는데도 넘어지지 않았다는 점이다. 아줌마 자전거라서 안정감이 있어서 그랬을까.

간혹 유치한 상상도 해보았다. 호수공원을 돌다가 한 번쯤 넘어졌으면 멋진 남성이 도와주러 달려왔을 텐데…. 무슨 시합에 나갈 것도 아니면서 왜 넘어지지 않고 꿋꿋이 달렸을까. 내 자전거가 시장바구니 달린 자전거라서 당연히 아줌마인 줄 알고 아무도 관심 갖지 않았나? 바보, 그게 아니야! 그동안 드라마를 보면서도 깨닫는 게 없었니? 자전거가 나오는 모든 드라마의 첫 번째 공식은 넘어지는 거야. 그리고 의도하든 우연이든 타이밍이 중요하지.

비틀비틀 이불어불하다가 왼쪽이든 오른쪽이든 아무 데로나 자전거가 쓰러지고 가녀린 비명이 들리잖아. 그 순간, 늑대처럼 아니, 슈퍼맨처럼 날아오듯 달려오는 한 남자. 괜찮으세요? 무릎이 찢어져서 피가 나오는 여자의 무릎을 남자가 자기 손수건이나 셔츠를 찢어서 응급처치를 해주면 그때부터 역사는 시작되는 거잖아. 그러나 이 모든 사랑의 공식을 알면서도 도대체 어디에 정신을 두었는지 자전거의 두 바퀴를 정직하게 돌리고 돌렸다. 그리하여 나의 인생은 드라마가 되지 못한 것이다, 라고 스스로를 자책했다.

그러던 어느 날. 내가 사는 곳은 복도식 아파트인데 늘 하던 대로 현관문 옆에 자전거를 세우고 집으로 들어갔다. 그런데 다음 날, 나가보니 자전거가 사라진 것이다. 사실, 이때부터 처음엔 인구 30만 정도였던 일산신도시가 급팽창을 하기 시작했다. 그리고 얼마 지나지 않아, 50만, 몇 년 뒤에 70만… 마침내 일산이 시끄러웠다. 고양시가 인구 100만을 넘어섰다며 곳곳에 대형 플래카드를 걸고 공무원들의 축제가 이루어졌다. 사실 공무원들만 분주했다. 그 뒤부터 자전거 분실 사건이 많아지고, 곳곳에서 자전거 접촉사고도 자주 일어나고 있다.

그러나 사람들은 자전거 타기를 멈추지 않는다. 자

전거는 참 묘한 매력을 가진 '탈것'이다. 즉, 두 바퀴의 탈것은 네 바퀴의 탈것과는 다른 매력이 있다. 우선 지붕도 문도 벽도 없다. 그대로 운전자의 신분이 노출될 수밖에 없다. 혼자 타야 하는 극히 이기적인 탈것이지만 세상과 맞바로 이어져서 아무것도 숨기지 못한 채 그대로 소통해야 하는 지극히 정직한 탈것이다. 그 덕분에 자전거는 많은 사람들과 함께 줄지어 떼를 이루어 달리면서도 마음껏 마음을 나누고 이야기를 주고받을 수 있다.

하지만 이보다 더 압도적인 미덕이 있다. 그것은 다른 탈것처럼 위협적인 경적을 울리거나 눈동자가 굳어 버릴 것처럼 날카로운 빛을 쏘아대지 않아도 내 앞의 사람들에게 내 목소리로 얼마든지 말할 수 있다는 것이다.

띠링띠링, 할아버지, 비켜주세요!

띠리리링, 애야, 위험해, 비켜!

자전거는 달리면서도 사람을 부를 수 있다. 꼭, 사람 같다. 그것도 참 착한 사람….

〈자전거〉

목일신 작사, 김대현 작곡

'자전거'라는 동요는 참 대단하다. '따르릉목일신문화예술회'까지 탄생시켰으니 말이다. 그리고 예술회는 2016년에는 '제1회 따르릉문화예술제'를 개최하여, '자전거'를 작사한 아동문학가 목일신 선생의 30주기를 기념하기도 했다.

'자전거'는 열두 살 목일신 소년이 목사이자 독립운동가인 아버지가 선교사로부터 기증받은 자전거를 타고 통학하면서 자신의 경험을 바탕으로 만든 노래이다.

우리말과 우리 글의 사용이 금지된 일제강점기에 목일신은 아버지의 격려와 지도 아래 우리말로 수백 편의 아름다운 동시와 노랫말을 창작했다.

한 줄도 좋다, 그 동요
너와 함께 다시 부를 수 있다면

초판 1쇄 발행 2020년 6월 10일

지은이 노경실
발행편집 유지희
디자인 송윤형
제작 제이오

펴낸곳 테오리아
출판등록 2013년 6월 28일 제25100-2015-000033호
주소 03709 서울특별시 서대문구 수색로 100, 113-2902
전화 02-3144-7827 팩스 0303-3444-7827
전자우편 theoriabooks@gmail.com

ⓒ 노경실 2020
ISBN 979-11-87789-29-1 03810

• 이 도서의 국립중앙도서관 출판예정도서목록(CIP)은 서지정보유통지원시스템 홈페이
  지(http://seoji.nl.go.kr)와 국가자료종합목록 구축시스템(http://kolis-net.nl.go.kr)에서
  이용하실 수 있습니다. (CIP제어번호:CIP2020019225)